Collection Fiction

DU MÊME AUTEUR, CHEZ LE MÊME ÉDITEUR

État de nature, 2019 (Points, 2020).

DE FROMENT, Jean-Baptiste. *Badroulboudour*

ISBN : 978-2373050929
Dépôt légal : 1re édition, août 2021

Couverture : Elena Vieillard
www.elenavieillard.fr

Les Éditions Aux forges de Vulcain bénéficient pour leur diffusion et leur commercialisation d'un partenariat avec les éditions Anne Carrière.

Les Éditions Aux forges de Vulcain
1 rue de la Montagne
77600 Bussy-Saint-Martin
www.auxforgesdevulcain.fr

Badroulboudour

بدر البدور

Jean-Baptiste de Froment

Les Éditions Aux forges de Vulcain

À la mémoire de Houda Ayoub
(1954-2017), professeure d'arabe.

« Mes frères, je ne vous conseille pas
l'amour du prochain : je vous conseille
l'amour du plus lointain. »

Nietzsche, *Ainsi parlait Zarathoustra*

1.

« Le Kloub, tu vas voir, c'est assez spécial quand même... » lui avait dit Madeleine, son ex-femme. Elle y était allée l'année dernière avec les filles. Cet été, c'était le tour d'Antoine.

Sans doute allait-il voir, mais pour l'instant, Antoine Galland n'était qu'à l'aéroport, seul avec ses filles.

Comme d'habitude, Garance et Aubépine étaient déchaînées. Avec les boîtes en carton bariolé, aux couleurs d'un célèbre fast-food, qui avaient contenu leur repas, elles s'étaient confectionné d'énormes couronnes, qu'elles avaient solidement enfoncées sur leurs petites têtes, presque jusqu'aux sourcils. De forme rectangulaire, bombées à leur sommet, ces couronnes n'étaient pas sans évoquer, se dit-il, les tiares que portaient les despotes de l'Orient englouti, ceux de Carthage et d'Ilion, de Babylone et de Ninive, de Sumer et de Nabatène, des royaumes de Pergame et de Saba, voire des empires achéménide et séleucide. Le message, en tous cas, était clair : désormais et jusqu'à l'embarquement, les enfants d'Antoine régneraient sans partage sur cette partie du terminal B7. Pour rendre leur domination plus éclatante, juchées sur le rebord du chariot à bagages, les petites filles brandissaient les deux bâtons de Smarties géants qu'elles lui avaient extorqués dans la boutique hors taxes située juste à côté. Bâtons qui dans leurs mains, à la fois sceptres et matraques, étaient devenus les vivants symboles de l'arbitraire. Circonstance aggravante, dans son cynisme, pour appâter davantage les mioches et rendre l'acte d'achat inéluctable, comme si la promesse conjointe du chocolat et du sucre ne suffisait pas, la multinationale à l'origine de ces tubes de bonbons très grand format avait équipé leurs extrémités de mini-ventilateurs ludiques, qui ne rafraîchissaient pas mais émettaient, une fois mis en marche, un vrombissement entêtant comparable, à leur échelle, à celui d'un escadron d'hélicoptères américains à l'approche des rizières nord-vietnamiennes, bourrés de napalm et de soldats hystériques.

– Calmez-vous, les enfants, je vais vraiment me fâcher maintenant, proféra-t-il d'un ton exagérément comminatoire, davantage à l'intention de ses voisins adultes, pour leur montrer qu'il était conscient de la situation et ne baissait pas les bras, que de sa progéniture, dont l'hilarité avait redoublé au prononcé de la menace.

Antoine savait bien qu'il ne pouvait être véritablement question ici de sévir, qu'aucune confiscation des bâtons Smarties, en particulier, n'était envisageable, car les représailles alors seraient terribles. Elles prendraient d'abord, face à l'ampleur du crime de lèse-majesté dont il se serait rendu coupable, la forme encore symbolique de hurlements : ceux de la fierté offensée, signifiant qu'à travers leurs personnes sacrées, c'étaient les droits de tout un peuple, du peuple des petites filles à travers la Terre, qui avaient été bafoués. Puis sans transition aucune, sans la moindre sommation d'usage, s'abattrait sur lui une rouée de coups, poings et pieds mêlés, visant indistinctement toutes les parties de son anatomie, avec des conséquences potentiellement très douloureuses. Enfin, lorsqu'il tenterait de les maîtriser, ce serait l'inévitable accident, la chute de l'une des deux, plus probablement des deux, du chariot à bagages et, par conséquent, le redoublement des pleurs, le nécessaire passage à l'infirmerie. Personne ne pouvait souhaiter une telle apocalypse, dont la clameur se diffuserait de porte en porte, jusqu'aux confins du terminal.

La situation de relative paix armée, de guerre à peu près froide qui était celle du moment, était bien préférable.

– Les barbares sont à nos portes... commenta sa voisine immédiate, d'un ton lugubre, comme une réplique à son raisonnement intérieur.

Elle semblait voir dans le comportement des petites filles la confirmation de ce qu'elle pressentait depuis longtemps, l'imminence d'une catastrophe majeure. La fin de la civilisation occidentale, ou quelque chose d'apparenté.

Antoine se tourna vers elle. C'était une femme au visage étonnamment blanc. Ses longs cheveux, noirs et défaits, étaient rares comme ceux qui restent accrochés aux crânes des momies. Elle ne le regardait pas. Elle avait les mains agrippées à la poignée coulissante de sa valise Samsonite noire. Samsonite : la marque de la valise qu'Antoine avait perdue, dans un aéroport, quelques années auparavant, avec les conséquences dramatiques qui s'en étaient suivies... Elle était noire, comme celle-ci... D'ailleurs, en l'observant bien, il semblait que ce fût exactement le même modèle...

Avant qu'Antoine ne pût protester, une autre dame, assise un peu plus loin, bouclée, pimpante, répliqua :

– Mais au contraire, madame : elles sont adorables, ces enfants. Drôles comme des diables, pleines d'inventions. Détendez-vous... Ce que vous appelez barbarie, c'est la relève des générations. Personnellement, je suis quand même rassurée de savoir que le monde a un avenir !

Antoine remarqua alors, à côté de cette dame à la chevelure bouclée, un homme en fauteuil roulant, à la mine défaite et au regard vague, qui manifestement voyageait avec elle. De temps en temps, la dame bouclée lui prenait la main et la caressait.

À destination d'Antoine, elle poursuivit, d'une voix chaleureuse et tremblante :

– Je vous en prie, monsieur, ne laissez jamais personne couper les ailes de ces petites filles : car ce qu'elles portent en elles est si énergique, mais si fragile !

Antoine lui répondit par un sourire embarrassé, qui tentait de concilier deux messages parfaitement contradictoires : l'un s'adressait directement à elle, la dame bouclée, pour la remercier de son soutien, l'assurer que non, évidemment, il ne laisserait personne etc., qu'elle pouvait compter sur lui, il serait toujours du côté de l'enfance, de sa spontanéité ; l'autre était destiné à tous ceux, probablement nombreux, qui, assis dans les environs, n'étaient pas d'accord (au premier chef évidemment la femme au visage très pâle), pour leur indiquer de façon un peu subliminale qu'en réalité (même si la politesse due à la dame bouclée ne permettait pas de le dire expressément), il ne croyait pas un mot de ces sornettes démagogiques, que le seul service à rendre à la jeunesse était de la tenir en respect, de lui fixer des limites, comme disaient les pédopsychiatres, et même qu'une bonne correction de temps en temps...

À cet instant des centaines de Smarties multicolores se déversèrent sur le sol de marbre blanc, dans un tintement joyeux, salués par les cris de liesse des deux monarques, comme après un lâcher de lions sur les chrétiens dans l'arène.

– Vous voyez ! dit la femme bouclée, en éclatant de rire.

Une troisième personne, un homme cette fois, plutôt costaud et déjà bronzé, intervint :

– Oui, je vois bien, madame. Justement. Comme vous, j'aime la vie, mais à un niveau de décibels un tout petit peu moins élevé, quand même. Et sous une forme un tantinet plus civilisée, si je peux me permettre.

Le débat était lancé. Dans la foulée, quatre ou cinq autres passagers rejoignirent la conversation, moins pour tenter de régler pratiquement la situation que pour donner leur avis, le plus tranché possible, sur le problème général de l'éducation. Au bout de quelques minutes, ils se déversaient rageusement les uns sur les autres de pleins paquets de lieux communs, de part et d'autre d'une tranchée imaginaire.

Antoine, quant à lui, se gardait bien d'intervenir. D'ailleurs, ses filles s'étaient tues, sans doute pour le plaisir de contredire, une nouvelle fois, les adultes. Leurs grosses couronnes, moins bien enfoncées que tout à l'heure, penchaient légèrement au-dessus de leurs petites têtes blondes. Jusqu'à nouvel ordre, elles étaient redevenues des anges. Antoine pensa aux bébés d'Eschmoun, adorables statues de marbre que des parents, autrefois, avaient fait sculpter d'après la forme de leurs enfants, pour rendre grâce au dieu guérisseur de les avoir sauvés d'une grave maladie.

Antoine profita de ce répit pour s'intéresser de plus près à son environnement immédiat. En y réfléchissant, se dit-il, la facilité avec laquelle tous ces gens qui, en principe, ne se connaissaient pas, s'étaient mis à se parler, à faire salon dans l'aéroport, même si c'était pour s'insulter, était assez surprenante. Presque suspecte.

La plupart, il est vrai, étaient restés à l'écart de la discussion. Ils semblaient même s'en foutre royalement. Les éclats de voix ne les avaient pas un seul instant fait lever les yeux de leurs tablettes numériques. Mais précisément : cela, non plus, n'était pas normal. Ils auraient dû, comme Antoine, s'en alarmer. Leur indifférence donnait le sentiment d'une forme de connivence avec les autres qui péroraient. Ils ne les écoutaient pas, mais à la manière dont on finit par s'ignorer au sein d'une même famille lorsque, assis tous ensemble dans le salon, les uns regardent la télévision sans prêter la moindre attention à la vieille tante qui, à quelques mètres à peine, essaie pourtant de dire quelque chose.

« Ces gens-là se connaissent », conclut Antoine. D'ailleurs, s'il avait eu davantage le sens de l'observation, il aurait remarqué depuis longtemps – il ne s'en avisait qu'à l'instant – ce bracelet que tous portaient au poignet. Un mince bandeau de tissu coloré, passé dans un médaillon de plastique sur lequel était incrusté, lisible même à quelques mètres, la lettre « K ».

Le fin mot de l'énigme était là : l'intégralité des passagers du vol 407 pour Alexandrie étaient des clients du Kloub. Lequel avait spécialement affrété le Boeing qui allait bientôt décoller pour ses « M.E. », ses Membres Exquis – appelés également, plus officieusement, les « Kloubeurs », expression qu'en ce qui nous concerne, nous tâcherons d'éviter.

Antoine et ses filles ne faisaient pas exception. Eux aussi, bien sûr, se rendaient au Kloub. Mais Antoine aurait aimé que cela restât plus discret. Pour sa part, il avait laissé les bracelets dans le kit de bienvenue rangé dans sa valise. Il pensait ne retrouver les autres M.E. que sur place, une fois franchie l'enceinte du Kloub, à l'abri des regards. Or, voilà qu'il était parqué dès à présent avec ses futurs compagnons de vacances, dans un carré réservé, au vu et su de tout l'aéroport. L'aéroport, soit précisément un lieu qu'Antoine affectionnait pour l'anonymat qu'il était censé garantir, dans lequel il aimait se fondre, pour n'y être plus qu'un individu en transit parmi des milliers d'autres, sans attaches, sans passé, et avec pour seul avenir une destination étrangère inscrite sur un écran de contrôle.

– On est une bande de jeunes ! hurla une grosse voix qui fit sursauter Antoine.

– On s'fend la gueule ! répondit du tac au tac une autre.

Et plusieurs, autour d'elles, de partir dans un grand éclat de rire.

Antoine vérifia. Il était très exagéré de qualifier cette assemblée de cadres plus ou moins supérieurs à la mine jaune, épuisés par une année de vie de bureau, de « bande de jeunes ». Parmi les M.E., il y avait bien aussi quelques grands adolescents, mais ce n'était pas eux qui avaient crié. Ils avaient accueilli le numéro des adultes comme à leur habitude, avec un air consterné.

Quant à lui, Antoine, même s'il n'était pas exactement un cadre supérieur, il avait dépassé quarante ans, l'âge où l'on cesse officiellement d'être jeune. En outre, comme cela arrive souvent à cette époque de la vie, l'ensemble des certitudes sur lesquelles il avait construit la première moitié de son existence avait dernièrement volé en éclats. Sa femme l'avait quitté et d'autres problèmes, pas tout à fait menus, et dont le lecteur sera bientôt informé, étaient venus s'ajouter à cette première contrariété. On comprendra dans ces conditions qu'il ne se sentît pas immédiatement enclin au rire.

2.

– *Ladies and gentlemen*, nous vous demandons toute votre attention pendant la présentation des consignes de sécurité.

Sous l'épaisse couche de maquillage réglementaire, le visage de SAMIA (son prénom était inscrit en lettres capitales blanches, sur le badge épinglé sur le revers de sa veste rouge) n'était pas directement visible. On devait déduire sa beauté, comme on le fait, pour celle des souveraines disparues, du masque mortuaire qui recouvre leurs dépouilles et manifeste, pour toujours, la splendeur qui fut la leur. Superbement indifférente aux mortels qui peuplaient la cabine de l'aéronef, Samia leur donnait pourtant des instructions de survie « en cas de dépressurisation de l'appareil ». De ses mouvements hiératiques, elle mimait les gestes qui sauvent.

Pour chacune des catastrophes recensées dans la nomenclature de l'organisation de l'aviation civile internationale, elle avait une réponse. Pourvu que l'on fût calme et méthodique, que l'on pensât d'abord à soi-même (avant de venir au secours des autres, des enfants notamment), il n'était pas une situation désespérée dont on ne pût venir à bout sans peine, et sans dommage pour son rouge à lèvres. Ainsi parlait sous l'uniforme le corps de Samia, plus souple que le rameau, plus élancé que l'*alif*, cette première lettre de l'alphabet arabe qui ressemble à une flèche tendue vers le ciel.

Samia ne semblait pas concernée par la pièce muette qu'elle jouait à l'intention des passagers. À force de l'avoir répétée, vol après vol, parfois plusieurs fois par jour, elle devait bien sûr s'être lassée. Et parce qu'aucun accident, ni même incident grave, probablement, ne lui était jamais arrivé, peut-être voyait-elle dans cet exercice une formalité un peu vaine, presque ridicule ; peut-être avait-elle oublié, aussi, que son statut de personnel de bord ne lui conférait aucune immunité, qu'elle était exposée aux mêmes risques que les autres. Mais une tout autre interprétation était également possible : en réalité, l'espèce d'apathie de Samia pouvait tenir à ce qu'elle était morte depuis longtemps, dans un terrible accident d'avion, au cours duquel elle avait complètement paniqué, contribuant par son manque de sang-froid à en précipiter l'issue fatale ; et peut-être que de l'au-delà, désormais instruite de tous les tours pendables que sait jouer la mort, elle nous avertissait, elle nous mettait en garde, sur le mode éthéré qui était le seul désormais que lui autorisait son statut de trépassée, afin qu'on ne l'imitât pas, et qu'elle ne fût pas morte pour rien.

Cette seconde hypothèse avait la préférence d'Antoine. Et cependant, songeait-il, comme Samia était la plus belle, plus belle que toutes les vivantes de l'avion réunies, son avertissement pouvait ne pas avoir l'effet escompté. On pouvait, au contraire, avoir envie de ne pas lui obéir, et de plonger tête baissée dans la catastrophe, de s'y engloutir, afin de la rejoindre, pour toujours, dans le royaume des morts.

Garance et Aubépine étaient fascinées par tant de beauté, tant de rouge à lèvres, tant de bleu sur les yeux. Elles avaient balancé leurs couronnes quelques rangées plus loin, provoquant quelques « oh ! » rageurs, et, oublieuses des consignes de sécurité que venait de donner leur idole, elles s'étaient mises debout sur leur siège et tournées vers leurs voisins de derrière. Leurs deux têtes dépassant juste du dossier, elles les regardaient fixement avec une moue superbe de mépris. Elles aussi, déjà, voulaient être belles, irrésistibles, et mettre la foule sous le joug de leur splendeur inaccessible.

Le vol se déroula sans encombre, en dépit de ce que les avertissements de l'hôtesse de l'air avaient pu laisser craindre. Antoine et ses filles étaient maintenant sur le tarmac de l'aéroport d'Alexandrie. Avant de rejoindre le hall des arrivées, ses deux enfants dans les bras, Antoine se retourna vers l'aéronef vidé de ses passagers. Au sommet de la passerelle, sur le seuil de la porte avant de l'avion, Samia regardait au loin. Ses yeux baignés de larmes creusaient un large sillon dans le fond de teint, découvrant le frémissement de sa peau nue.

Les vacances qui commençaient ne se présentaient pas sous un jour pleinement rassurant.

3.

Disons-le d'emblée, pour couper court à tous les fantasmes : l'Antoine Galland que nous venons de voir à l'aéroport et dans l'avion n'avait aucun rapport avec Antoine Galland, le fameux traducteur des *Mille et Une Nuits*. Il s'agissait de deux personnes distinctes, nées à plus de trois cents années d'intervalle, et n'ayant en outre, l'une avec l'autre, aucun lien de parenté.

Au départ, cette homonymie n'avait d'ailleurs pas beaucoup affecté l'existence du second Antoine Galland. Tout simplement parce que, contrairement à ce qui vient d'être affirmé trop rapidement, l'Antoine Galland du XVIIe siècle n'était en réalité pas si fameux que cela (du moins jusqu'à ces derniers mois, qui avaient singulièrement changé la donne, mais nous verrons cela un peu plus tard). En dehors d'une poignée de spécialistes, on n'était pas très loin, même, pour être honnête, du parfait inconnu. Il y avait peu de chance, par conséquent, que l'Antoine Galland du XXIe siècle fût très souvent importuné, au guichet d'une administration, au comptoir d'un hôtel, ou encore lorsqu'un gendarme contrôlait ses papiers, par des allusions, plus ou moins explicites – clin d'œil, sourire entendu, exclamation de surprise amusée, voire réaction d'extase –, au grand arabisant mort en 1715. Être confronté à des remarques du genre : « C'est drôle, vous portez le même nom que le célèbre traducteur des *Mille et Une Nuits* ! », ou encore, pour les personnes fâchées avec la chronologie : « Mais alors, Antoine Galland, c'est vous ? », voire : « Waouh, je le crois pas, Antoine Galland, comme *the* Antoine Galland ? » était hautement improbable.

Pour dire la vérité, cela ne lui était même jamais arrivé.

D'ailleurs, une rapide recherche dans l'annuaire permettait de constater qu'il y avait, en ce moment même, des dizaines d'autres Antoine Galland résidant, comme disent les gendarmes (encore eux), sur le territoire national, ce qui était la preuve que les personnes s'appelant Galland ne voyaient pas malice à prénommer leur fils Antoine, que pour eux cela n'évoquait rien de spécial, cela sonnait bien, c'était tout. (Les choses étaient bien différentes, par exemple, pour les individus, au demeurant moins nombreux, répondant au patronyme de Commode : ils y réfléchissaient à deux fois avant de baptiser leur enfant Célestin, comme l'actuel Président de la République, Célestin Commode, un personnage de plus en plus controversé.) Les parents de notre Antoine Galland, celui de l'aéroport, étaient comme les autres : ils n'avaient jamais entendu parler du grand savant de l'époque du Roi-Soleil, ce n'était pas le genre de choses qui les intéressait. Antoine, en revanche, était un joli prénom, grave et tendre, avec ce qu'il fallait de tristesse pour être pris au sérieux – et aimé.

Si nous faisons pourtant la remarque, c'est que les destins des deux Antoine Galland, celui du XVIIe siècle et celui de l'aéroport, avaient fini par se croiser, comme tout ce livre en portera témoignage. Tâchons de comprendre comment les choses avaient commencé.

Originaire de la Douvre intérieure, qui avait eu, naguère, son quart d'heure de célébrité – quand la population de ce modeste département avait soudain décidé de se soulever contre le pouvoir central, avant de se raviser presque aussi sec[1] –, le second Antoine Galland (que par commodité nous désignerons parfois sous le nom d'Antoine Galland *junior*, ou plus simplement encore par son prénom : Antoine) était le fils de Gisèle Galland, celle-là même qui tenait le magasin de prêt-à-porter situé au bout de la grand-rue de la petite ville de Chantaume : *Chez Gisèle – du basique au très chic*. Il n'avait guère connu son père, trop occupé à boire et à se quereller avec les rares Arabes que comptait la ville à propos de la guerre d'Algérie.

Selon certains de ses anciens camarades – prompts, comme c'est généralement le cas des anciens camarades, à la médisance –, Antoine avait passé sa jeunesse dans les jupons de sa mère. Ce n'était pas exact. Les jupons de sa mère l'avaient moins intéressé que ceux qu'elle exposait dans sa boutique (car dans la Douvre, au début des années 1980, on

1. *cf.*, du même auteur, *État de nature* (NdA).

vendait encore des jupons), destinés à être portés par d'autres femmes, ses clientes, et toute la collection de sous-vêtements qu'on y trouvait. Un jour, il n'était pas vieux à l'époque, peut-être trois ans à peine, Gisèle l'avait surpris dans la cabine d'essayage, la tête tout encapuchonnée dans le bonnet extra-large d'un soutien-gorge vermillon vif. C'était depuis ce jour, dit-on à Chantaume, que sa mère, riant aux éclats, l'avait surnommé *mon petit chaperon rouge*.

De cette époque aussi, sans doute, remontait l'image formidable, excessive, qu'il s'était forgée de la femme, comme d'une montagne à escalader, faites de gorges et d'abîmes profonds, de vallées immenses et douces, mais glissantes, de cascades de cheveux ondulés, dans lesquels on pouvait s'enfouir, au risque de se perdre.

Au même moment avait pris naissance l'intérêt, jamais démenti par la suite, qu'il portait aux contes. *Le Petit Chaperon rouge*, d'abord : il lui fallait comprendre son surnom. Les récits de Perrault, découverts à cette occasion et que sa mère lui lisait le soir, après avoir fermé la boutique, le divertirent un temps. L'écoute de ces histoires, cependant, le laissait un peu sur sa faim. Elles étaient belles et terribles, bien sûr ; mais pas si belles, ni si terribles qu'il l'aurait voulu. Évidemment, il ne le formulait pas ainsi (on parle d'un enfant qui ne savait pas encore lire), mais il leur trouvait un côté provincial, un côté « c'est arrivé près de chez vous », si vous voulez, qui lui refroidissait l'imagination. Ce loup semblait rencontré dans la forêt d'à côté, qui commençait à quelques dizaines de mètres du magasin ; malgré les trois cents années d'intervalle, ce Poucet, malin comme l'étaient tous les petits paysans des environs, était le portrait craché de son camarade de classe, Nicolas Millegarde, qui se débrouillait toujours pour récupérer un goûter malgré la pingrerie de ses parents qui ne lui en donnaient jamais ; et jusqu'à cette Barbe bleue, qui évoquait le monsieur sévère, à la chevelure légèrement bleutée, justement, qui habitait dans la grosse maison à l'entrée du bourg, et qui tous les mois passait à la boutique, avec sa très jeune femme, qui ne semblait jamais la même d'un mois à l'autre, pour s'enquérir des nouveautés... La familiarité des situations – qui, en dépit des horreurs et des fées, sentait à plein nez son terroir français – lui déplaisait. Sans parler de cette morale à la fin qui empaquetait le tout, une petite morale paysanne, à la fois courte et épaisse (belles jeunes filles, il ne faut pas parler à n'importe qui dans les sous-bois, surtout lorsqu'il a de grandes dents) : un véritable tue-l'amour. Comment le dire ? Il était certaines contrées où ces histoires ne s'aventuraient pas. Et même dont elles interdisaient formellement l'accès. Or, la vie – il en avait eu la première fois l'intuition sous le vaste capuchon de dentelle rouge, dans l'éblouissement kaléidoscopique provoqué par la lumière se diffractant à travers les jours de la dentelle – était infiniment plus colorée, plus dangereuse, plus désirable. Dans son intensité véritable, elle commençait précisément au-delà des limites que Charles Perrault et ses épigones européens lui avaient fixées.

Quelques années étaient passées. Il savait lire, désormais.

Son bonheur voulut alors qu'il trouvât, à côté de l'œuvre de Perrault, sur l'étagère à livres de la maison (le terme de bibliothèque serait excessif), un gros volume à la couverture plastifiée. Trois silhouettes noires enturbannées, à dos de dromadaires, s'y découpaient dans le désert, sur lequel étaient posés quelques palmiers et une sorte de palais, dont les minces ouvertures exhalaient une lumière jaune : quelqu'un veillait. Une femme, très certainement. En arrière-plan, une lune énorme, blanche et brillante, baignait dans un ciel bleu foncé. Un cartouche un peu grossier, tout en haut, ménageait une place pour le titre : *Les Mille et Une Nuits, contes arabes*. Dernier détail, et non des moindres : perdu dans le sable, un peu plus bas, en guise de sous-titre, on pouvait lire :

traduction d'Antoine Galland

Qu'un petit garçon de la Douvre comme lui, et qui n'en était jamais sorti, sauf une fois pour aller voir sa grand-tante à la mer, en Charente-Maritime, pût voir son nom ainsi figurer sur la couverture d'un livre, un livre de désert et de palmiers, de palais, et surtout de femme cachée à l'intérieur du palais, voilà qui venait confirmer de façon éclatante la haute opinion qu'il s'était faite de la destinée, en dépit de la réalité immédiate qu'il avait sous les yeux. L'univers était vaste, infiniment, et des communications secrètes, des raccourcis, permettaient à des points fort éloignés en apparence de se rejoindre. On mettait la tête dans un soutien-gorge et, de fil en aiguille, on se retrouvait sur le sable de l'Arabie, à deux pas des appartements de la sultane.

Sans doute n'était-ce pas exactement lui, sur la couverture, qui était à l'honneur, mais ce savant du XVIIe siècle dont il a déjà été question plus haut, et dont nous reparlerons plus bas, l'auteur de la traduction. La coïncidence, cependant, était loin d'être négligeable. Ce nom et ce prénom sur la couverture, c'était comme un laissez-passer, l'autorisation d'entrer dans un monde dont il avait, dans la cabine d'essayage, pressenti l'existence, et qu'il parcourait maintenant dans la réalité, au fil des pages de ce récit stupéfiant.

Lorsqu'on lui demanderait, des années plus tard, ce qui lui plaisait dans ce livre, il répondrait : « C'est la vie même, la vie sans fards. » Dieu sait pourtant qu'on n'y lésinait pas sur le maquillage, sans compter les voiles et les parfums, les bijoux et les pierreries. Mais l'âme humaine, dans le même temps, y était présentée dans son plus complet dénuement. Les dimensions véritables de la destinée lui semblaient ici rétablies, sans rapport avec la moindre proportion justement, affranchies de tout canon ; débarrassées de cette chape de raison qui d'ordinaire, sous nos latitudes en particulier, pesait sur elles si durement, et si mesquinement. Le désir seul y avait droit de cité, aux risques et périls de ceux qui s'y aventuraient. Dès les premières pages, on rencontrait des jeunes femmes prisonnières d'effroyables géants, assez intrépides pour forcer des inconnus à leur faire l'amour séance tenante, au nez et à la barbe des colosses endormis, et menaçant de réveiller ces derniers si elles n'étaient pas obéies.

Au début du livre, la scène de l'adultère, à l'origine de la tragédie dont tout l'ouvrage constituait la splendide résolution, l'avait marqué à jamais. La belle et jeune reine, croyant son mari Shahryâr parti à la chasse, s'avance dans le jardin avec vingt de ses servantes, dix blanches et dix noires. Et voici que tout le monde se déshabille. Les servantes noires sont en réalité des hommes, magnifiquement bâtis. La souveraine s'écrie : « Massoud ! ». À son appel arrive un onzième noir, qui descend du haut d'un arbre pour la rejoindre. C'est le signal de la fornication générale, à laquelle le roi Shahryâr assiste sans être vu, d'une des fenêtres du palais. Antoine ne cessait de revoir la scène à travers les yeux du monarque cocu. Le spectacle de ces ébats infâmes lui procurait autant de plaisir que de peine.

La magie, présente partout dans les *Nuits*, n'était pas, comme on aurait pu le craindre, un moyen grossier de brûler les étapes et de parvenir à ses fins, mais au contraire une façon de raffiner les choses, de les compliquer, d'élargir le spectre des possibles, d'augmenter les délices et les supplices. Elle était un instrument d'exploration du monde, de jouissance et de souffrance.

Antoine avait ouvert ce livre, sans l'aide de sa mère cette fois, pour ne plus jamais le refermer.

Tout ébloui de ce qu'il voyait, Antoine oublia, d'abord, celui qui lui avait tenu la porte et lui avait permis d'entrer. Il oublia l'homonyme qui figurait sur la couverture.

Et puis il y revint. Moins peut-être, dans un premier temps, par gratitude que par vanité, parce que ce nom et ce prénom étaient aussi les siens.

Ce qu'il découvrit l'impressionna extrêmement. Antoine Galland *senior* ne s'était pas contenté de traduire un livre arabe, gentiment disponible dans le rayonnage d'une bibliothèque. Il avait, dans tous les sens du terme, découvert le texte, comme Christophe Colomb l'Amérique : par chance autant qu'à la faveur de la patience de toute une vie – toute une vie passée à scruter les choses venues de loin, d'autres cultures que la sienne. Avant de parvenir jusqu'à lui, les *Nuits* n'étaient qu'un fatras de papiers dormant, remisé on ne sait trop où, dans l'arrière-boutique de l'échoppe d'un marchand, à Alep. Dieu sait depuis combien de temps elles étaient ainsi abandonnées à cette demi-mort.

Jusqu'au 9 ou 10 octobre 1701, le jour où Galland reçut ce manuscrit venu de Syrie, dont il avait entendu parler et qu'il avait prié l'un de ses amis de lui faire acheminer jusqu'à Paris. Trois volumes écrits au début du XVe siècle, sur un papier jaune comme du vieil or. Il fallut trois ans à Galland pour commencer à en tirer le miel. En 1704, enfin, parut à Paris le premier tome des *Mille et Une Nuits, contes arabes*, stratégiquement dédicacé « à madame la marquise d'O, dame du palais de madame la duchesse de Bourgogne ».

Le visage de la littérature mondiale s'en trouva tout révolutionné. Un nouveau continent était trouvé, vers lesquels se ruèrent, tout au long du XVIIIe siècle et jusqu'à aujourd'hui, des millions de lectrices et de lecteurs qui fuyaient l'étroitesse et la monotonie de leurs vies.

À vrai dire, plutôt que de le comparer à Christophe Colomb, il était plus juste (ainsi qu'Antoine l'écrirait plus tard, dans son essai *Le Génie de la lampe*) de rapprocher Antoine Galland *senior* de Neil Armstrong, le premier homme ayant marché sur la Lune : non seulement du fait de l'omniprésence de cet astre dans les *Nuits*, mais aussi parce que cette image rendait davantage compte de la radicalité du sentiment d'exotisme provoqué par la lecture de cet ouvrage merveilleux.

Cet éblouissement, cette évasion consolatrice, les Européens la devaient à un auteur d'un genre nouveau, qui n'avait cherché qu'à s'effacer devant la beauté de ce qu'il n'avait pas fait, et qui venait d'ailleurs, pour la rendre visible à tous. Sans doute n'était-il pas, à strictement parler, un créateur, mais il avait le génie de la communication entre les mondes. Il savait la formule qui permet aux choses les plus précieuses de passer d'un univers à l'autre. Il était un traducteur au sens plein, au sens le plus fort du terme. Et les traducteurs, c'était l'évidence si l'on y réfléchissait deux minutes, étaient les véritables héros des temps modernes. « Le traducteur, disait Galland parlant de lui-même, en préambule à ses *Mille et Une Nuits*, se flatte que les personnes qui entendent l'arabe, et qui voudront prendre la peine de confronter l'original avec la copie, conviendront qu'il a fait voir les Arabes aux Français avec toute la circonspection que demandait la délicatesse de notre langue et de notre temps » : y avait-il plus belle ambition ?

Rien pourtant, dans la misère de ses origines, ne prédestinait Antoine Galland *senior* à devenir celui qui allait ouvrir si grand la fenêtre de l'Occident. Tout, au contraire, aurait dû le retenir, pour toujours, à l'intérieur des limites étroites de son village, au fond de cette Picardie où il était né, en 1646. Tout aurait dû le laisser dans l'ignorance des horizons lointains. Il était un petit garçon pauvre, et pour autant qu'on le sache d'assez médiocre apparence, orphelin d'un père paysan, dernier d'une fratrie de sept enfants, bientôt réduite à trois par les malheurs. On ne comprend même pas comment il avait pu trouver le chemin de l'école. Une sorte d'oncle apparemment, chanoine de son état, décelant peut-être une lueur dans ses yeux, voyant qu'ils brillaient plus que ceux de ses frères, l'avait pris sous son aile et l'avait inscrit au collège de Noyon. Antoine y apprit le latin, le grec ancien et l'hébreu. Puis il monta à Paris, et ce fut l'arabe, le persan et le turc. Sans parler du grec moderne, ou de l'italien.

Pour peu qu'il fût revenu la voir et se fût essayé à lui faire entendre l'une de ces langues, on imagine la tête de sa maman, qui ne savait pas lire et ne parlait guère autre chose que le picard, en voyant sortir de la bouche du petit garçon qu'elle avait fait, de ce petit garçon qui était sorti de son ventre, d'aussi étranges phonèmes, aussi inouïs, produits d'espaces et de temps dont elle n'avait nulle idée. Et qu'aurait-elle pensé, la maman d'Antoine Galland, si Dieu lui avait prêté vie jusqu'au début du XVIIIe siècle (ce dont nous ne savons rien, mais qui est peu probable), de cette fille de vizir achetant, auprès d'un sultan assoiffé de sang féminin, sa survie et celle de toutes ses congénères, en lui racontant des histoires d'amour et de djinns ? Et de cette façon, d'introduire, pour mieux confondre le tyran, des histoires à l'intérieur de ces histoires, jusqu'à ce que le monstre féminicide ne puisse plus en sortir ? Parmi toutes ces intrigues, aurait-elle au moins été touchée par celles, auxquelles son fils vouait une affection particulière, dont un jeune homme pauvre était le héros, un jeune homme qui à force de chance, de ruse et de courage, devenait plus riche que le sultan et se rendait digne d'épouser sa fille ?

Détail infiniment touchant : à la fin de sa vie, Galland était si pénétré de l'esprit de ces contes, si familier de leurs ressorts et intrigues, qu'il se mit à en écrire lui-même de nouveaux pour compléter le recueil. *Aladdin et la Lampe merveilleuse* ou encore *Ali Baba et les Quarante Voleurs* étaient ses propres œuvres, déguisées en traductions de l'arabe.

En définitive, Antoine ne savait pas ce qui l'émouvait le plus, des contes eux-mêmes ou de ce qui avait conduit un petit garçon misérable, né dans un recoin de la France lui-même misérable, plus de trois cents ans auparavant, à partir à leur recherche, à parcourir l'immense distance, physique, intellectuelle et morale qui le séparait de Shéhérazade. Sa voie à lui, Antoine *junior*, était dès lors toute tracée. Il lui fallait mettre ses pas dans ceux de cet aîné. Pour le plus grand désarroi de sa mère et de tous ceux – sans doute pas très nombreux, mais sincères – qui l'aimaient dans le département, il s'inscrivit à Paris à l'université pour étudier les langues et littératures orientales.

La réaction de son ami Nicolas Millegarde, qui avait des prétentions dans le domaine de l'esprit et des idées sur tout, fut particulièrement sévère.

– L'Orient, lui avait-il déclaré, est, depuis *Madame Bovary* au moins, la patrie, au demeurant purement imaginaire, de tous ceux qui s'ennuient. On a vu où cela mène.

4.

Sans donner tout à fait raison à Millegarde, la suite des événements fut porteuse de son lot de déconvenues. La thèse d'Antoine, intitulée *La Magie dans* Les Mille et Une Nuits *: explication de quelques trucs*, ne suscita pas l'engouement qu'il espérait. Lors de la soutenance en Sorbonne, le moment où il avait tenté de joindre le geste à la parole en sortant de son cartable une vieille lampe à huile acquise quelques années auparavant, entre deux guerres du Golfe, dans un souk de Bagdad, afin de la frotter, pour montrer de quelle façon et dans quel sens on pouvait dire qu'*un génie en sortait*, avait même tourné au fiasco.

Mais dans l'amphithéâtre, Madeleine - une étudiante en économie, avec un mince bandeau qui lui ceignait le front, maintenant plaqués autour de son visage ses cheveux auburn - ne lui en tint pas rigueur. Elle était entrée dans la salle par curiosité et trouva la maladresse du candidat très charmante. Elle le lui prouva le soir même, après qu'ensemble, au nez et à la barbe des mandarins, ils se furent échappés du déprimant pot de thèse servi en l'honneur du nouveau docteur ès lettres. « Montre-moi ton génie, lui avait-elle ordonné, à peine arrivée dans l'appartement qu'Antoine partageait – en dépit de leurs multiples divergences de vues – avec son ami Nicolas Millegarde. Et que cette fois, il ne se dérobe pas. » Cela ne fut pas dit sans tendresse, ni malice au fond des yeux, mais ce n'était pas tout à fait pour rire non plus. Antoine s'exécuta et, cette fois, la magie opéra.

Madeleine, il n'en fut pas surpris, ne portait pas de soutien-gorge. Seulement, sous sa courte robe à bretelles (c'était le début de l'été), une toute petite culotte, d'un beau vermillon, très vif.

Elle était une jeune fille assez longue, et presque fluette, qui n'avait pas les mensurations formidables des matrones de son enfance. Mais c'est à cela qu'il la reconnut, à ce qu'elle ne leur ressemblait pas. Il était ému, non parce qu'elle répondait à ses espérances, mais justement parce que, ne s'y conformant en rien, il ne pouvait pourtant détacher ses yeux d'elle. Ses seins blancs, petits et souples, opposaient le démenti de leur beauté tangible aux chimères voluptueuses dont il avait peuplé les soutiens-gorges de sa première jeunesse. Elle était là, dans l'appartement, et à mesure qu'elle se rapprochait de lui, son corps de chair, son corps d'étudiante aux cheveux auburn, qui venait de déposer son petit sac de toile à l'entrée, sous le porte-manteau, prenait la place des rêves d'Antoine, les faisait disparaître, les renvoyait à leur vanité. Elle seule était belle et vraie, et bientôt il pourrait la toucher, et avant qu'il pût former cette pensée déjà leurs lèvres étaient collées et leurs langues se mélangeaient. Il la serra dans ses bras et elle répondit au mouvement en le serrant aussi, son corps épousant le sien, s'y lovant, s'y emboîtant, et lui qui n'était pas excessivement costaud se sentit fort pour la première fois de sa vie. Lorsqu'ils s'effondrèrent sur le clic-clac de sa chambre, son sexe trouva le chemin du sien sans qu'il eût à réfléchir.

À la fin de la nuit, ils n'étaient pas fatigués. Ils étaient prêts à recommencer. C'est ainsi, découvrit Antoine, que l'amour prend naissance : avec le désir de la répétition. « Encore », lui avait-elle dit. « Je voudrais faire avec toi l'amour – mille et une fois », avait-elle poursuivi, lui révélant au creux de l'oreille, en même temps que la nature insatiable de son attachement, le secret plus général de l'opération par laquelle une chose devient capable d'aller au-delà d'elle-même, d'ajouter toujours une unité supplémentaire à ce qu'elle est déjà. « Mille et une » ne désignait pas un nombre précis, aucune quantité définie, mais une force, un mouvement irrépressible, qui se confondait avec la vie elle-même, qui nous poussait à vouloir, à demander et à obtenir, encore et encore, plus, toujours plus. Du moins jusqu'à ce qu'intervînt, mais ce serait bien plus tard, lorsqu'on serait très vieux, et il ne fallait pas y penser, celle dont *Les Mille et Une Nuits* disent qu'elle « détruit tout plaisir et sépare ceux qui étaient réunis ».

Nicolas Millegarde, pour sa part, n'était pas en plus, mais en trop. Généralement peu disposé à se sentir superflu, il se rendit cette fois à l'évidence. Il quitta l'appartement dès le lendemain et on ne le revit plus. Avant de partir, cependant, il proféra à l'endroit d'Antoine une étrange menace : « Un jour, tu devras rendre des comptes pour la vie inconséquente que tu mènes, ces lubies qui te tiennent lieu de conduite. Face à toi, il y a le vrai monde qui souffre. »

Antoine et Madeleine ne s'éternisaient jamais dans le Quartier latin. L'appartement ne leur servait que de pied-à-terre entre différents voyages. Ils se montraient l'un à l'autre tous les pays de la Terre.

Quelques années plus tard naquirent Garance, puis Aubépine, les deux petites filles que le lecteur a déjà rencontrées. Elles étaient également belles, également autoritaires, et cependant, sous un autre aspect, de caractère opposé, comme le sont les deux faces de la lune.

À cette aune, les choses ne devaient pas avoir de fin. Elles en eurent une, pourtant. Comme cela vient d'être suggéré, ce n'est pas la routine qui vient à bout de l'amour. C'est le changement. L'irruption de variations, d'abord imperceptibles, mais qui progressivement font dévier les amants de leur orbite, chacun autour de l'autre. De menus grains de sable viennent contrarier la perfection du mouvement et bientôt ils ont raison de la roue perpétuelle du sentiment.

« Ou alors ne serait-ce pas ton insupportable façon de tout théoriser en permanence ? De te réfugier dans l'abstraction, les raisonnements creux, purement esthétiques, comme ceux que tu tiens précisément en ce moment ? La vérité c'est que tu n'es pas capable de vivre, d'être avec moi, avec nous, ici, maintenant », lui avait-elle répliqué un matin, en le crucifiant du regard.

Ce n'était pas impossible non plus. Elle était plus lucide, plus intelligente que lui ; plus attachée aux besoins des hommes et au fonctionnement des choses. Sa formation d'économiste, peut-être. Lui avait cette fantaisie un peu vaine, une tendance à flotter dans des espaces indéterminés et une absence presque totale de sens pratique. Longtemps, il leur avait paru qu'ils se complétaient. Voici que soudain elle pensait tout le contraire, déclarait antinomiques leurs façons de voir et de faire, comme des aimants dont la polarité se serait inversée. « Après dix ans de vie commune, ce n'est pas de ton corps que je me lasse, avait-elle poursuivi ce même matin. Mais de ton esprit. La vérité, c'est que ton esprit, je ne peux plus le voir en peinture. »

Quelques mois passèrent cependant, sans qu'elle fît la moindre allusion à cette conversation. Antoine voulut croire à un simple mouvement d'humeur, désormais oublié, d'autant qu'avec elle, on ne savait jamais. Elle pouvait s'emporter sans que cela prêtât à conséquence lorsque retombait la tempête.

C'est alors qu'arrivèrent les grandes vacances, qui sont pour tous les couples du monde, du moins ceux qui ont la chance ou la malchance de partir en vacances, un moment de vérité, planche de salut ou ascenseur vers l'échafaud.

À l'aéroport de Tanger, la perte définitive de l'intégralité de leurs bagages, vraisemblablement par sa faute exclusive - même si ce point n'était pas absolument établi, il y avait encore un petit flou sur ce qu'ils s'étaient dit exactement avant que lui ne partît aux toilettes -, eut raison de la patience de Madeleine et porta le coup de grâce à leur union. La disparition de la grande valise Samsonite, en particulier, qui renfermait, selon Madeleine, « tous les trésors de la famille », des « souvenirs merveilleux perdus à jamais », son pendentif en forme de lune, surtout, qu'elle adorait, fut fatale. Dès son retour en France, Madeleine, ses deux filles dans les bras, intima à Antoine l'ordre de quitter le domicile conjugal.

Pendant de longs mois, Antoine, réfugié dans une chambre de bonne, avait espéré que Madeleine se raviserait. Il attendait son coup de téléphone. Il avait même demandé à sa mère de ne plus tenter de le joindre pendant quelque temps, « afin de ne pas me faire de fausse joie quand le téléphone sonnera ou vibrera dans ma poche, maman, quand je découvrirai sur l'écran que ce n'est que toi ». Sa mère avait obéi, augmentant ainsi la probabilité, à chaque appel téléphonique, que ce fût Madeleine à l'autre bout du fil. Mais celle-ci n'avait jamais rappelé. Sauf une fois, pour régler les modalités pratiques de leurs vies séparées et organiser la garde partagée des enfants.

5.

De prime abord, l'aéroport d'arrivée ressemblait à s'y méprendre à celui, parisien, d'où Antoine était parti. On croyait n'avoir pas bougé. L'avion aurait très bien pu n'avoir fait que tourner en rond, pendant des heures, autour du même point, pour faire croire à un voyage. Après l'atterrissage, tout était pareil. Même les inscriptions arabes sur les panneaux ne parvenaient pas, dans le décor aseptisé, à imposer leur altérité.

Il y avait, surtout, ce groupe, auquel il s'était incorporé, et dont l'atmosphère franchouillarde contaminait tout ce qu'elle approchait. Ils auraient beau s'enfoncer dans le pays aussi loin qu'ils pourraient, ils ne seraient jamais surpris : parce que le terrain aurait été déblayé en amont, débarrassé de tout élément par trop exotique, pour ne pas les effaroucher ; et parce que, de toute façon, si d'aventure un détail un peu authentique avait été oublié sur le chemin, il prendrait de lui-même l'initiative de la fuite en les entendant arriver, avec leurs gros sabots gaulois, il se dépêcherait de déguerpir, de se dissimuler, comme l'antenne d'un escargot se rétracte à l'approche du doigt qui veut la toucher. Tous ensemble, ils étaient semblables à une substance très chaude qui voudrait toucher la glace, mais jamais ne le peut, parce que celle-ci fond dès que la distance se réduit.

Galland, Antoine s'en fit au passage la réflexion, avait été placé dans une situation très analogue, en 1670, en intégrant l'ambassade du marquis de Nointel auprès du sultan ottoman. Celle-ci avait transporté, le long de son périple au Levant, le complet éventail des goûts et des mœurs de Paris. C'était tout un petit Versailles de poche qui s'était déplacé à travers le vaste Orient. Rien ne manquait : parties de chasse en grande cérémonie, promenades en bateau et dans les jardins alentour avec cortège de janissaires et de gens de livrée, fastueuses réceptions à l'ambassade au bruit des canons pour célébrer les victoires militaires du Roi Très Chrétien, la fête de saint Louis ou la naissance du duc de Bourgogne.

Mais Antoine savait qu'il était vain de lutter contre la puissance du groupe. Donc il se laissait porter, il emboîtait docilement le pas. N'étant pas très débrouillard, ce suivisme lui évitait en outre pas mal d'erreurs et de déconvenues dans les formalités à accomplir à la sortie de l'avion.

« Tu n'es qu'un exécutant, lui martelait sa femme les derniers temps, peu avant la séparation. Tu ne peux t'en sortir dans la vie que si l'on te donne les instructions les plus complètes et les plus précises. À propos de tout. Ce qu'il faut à tout prix éviter, c'est de te donner une marge de manœuvre. Une fenêtre d'initiative. Car alors ta gaucherie et ta veulerie se combinent au service des catastrophes les plus improbables. » Malgré leur rupture, il continuait à lui obéir, à suivre ses conseils.

Le groupe formait une masse compacte qui progressait lentement mais sûrement, franchissant l'une après l'autre, avec succès, les étapes qui le séparaient de la sortie. Antoine était au milieu.

Ses filles parcouraient la forêt d'adultes dans tous les sens, à la façon de singes extrêmement agiles, se faufilant à travers les jambes, se cachant derrière les valises ou les escaladant. Leur seul point de repère était un petit garçon de leur âge qui tenait la main de sa mère, devant lequel elles repassaient régulièrement pour lui dire qu'il était moche et lui administrer quelques griffures. Le petit garçon pleurait de rage, ce qui redoublait leur mépris. Sa mère n'en voulait pas aux petites filles, mais à son fils qui se laissait faire, alors qu'elle l'encourageait à se défendre.

Arrivé aux tapis roulants où l'on récupérait les bagages venus de la soute, Garance et Aubépine avaient disparu. Pris de panique, Antoine se précipita à leur recherche, courant de façon désordonnée d'un guichet à l'autre, fouillant une à une les cabines des toilettes, puis demandant en vain à accéder au tarmac. À son retour, il les vit miraculeusement émerger du tunnel d'où sortait le tapis roulant, assises sur leur valise, une nouvelle fois triomphantes.

Une autre surprise attendait Antoine après la douane, quand le groupe rejoignit, au point de ralliement devant l'aéroport, l'escouade des Animateurs Dévoués et Diligents (les A.D.D.) chargés d'accueillir les nouveaux arrivants. La silhouette efflanquée de Jambe, leur chef, faisait comme une zébrure, un trait de foudre noire qui descendait du ciel.

– Soyez les bienvenus, les amis !

Au bout d'un corps interminable, une longue face sombre en escalier – profil de chèvre ou de chameau. Les yeux en amande effilée, aux prunelles très noires serties d'un blanc légèrement jauni, n'avaient qu'à se plisser d'une certaine façon pour dire le rire ou la colère, la haine ou l'amour, la joie ou le désespoir. Et si la bouche, parfois, comme en ce moment, partait dans un grand rire en montrant ses dents blanches, et l'écume qui sortait de la commissure des lèvres, et si tout le corps était entraîné dans un hoquet interminable, ce n'était que par jeu, par générosité envers les touristes qui ne sont que des enfants.

« Jambe », du reste, était un surnom. Le diminutif athlétique de Jean-Baptiste, lui-même une traduction, à destination des clients français, de son prénom arabe originel : Yahya. « Yahya », qui sonnait comme un cri de guerre, celui par lequel on galvanise les chevaux déjà lancés au triple galop, et qui accompagne le coup de cravache qu'on leur administre. À condition, bien sûr, qu'on le prononçât correctement, en rebondissant sur le *h*, pour le faire siffler sur le *ya* final comme un coup de sirocco.

– Vous êtes Antoine, n'est-ce pas ? Comment ça va, Antoine, la forme ?

– Ouais, ça va *nickel*, se crut obligé de répondre Antoine, avec un sourire niais.

– Et peut-être même nickel-*chrome*, pendant que vous y êtes, Antoine ? répliqua Jambe.

L'animateur était soudain devenu très sérieux, et son visage plus tranchant qu'une lame de couteau. Après un instant de panique, Antoine se fit la réflexion que c'était probablement de l'humour, une façon plaisante de souligner l'extraordinaire ringardise, depuis la disparition du service militaire, à une époque où Jambe n'était pas né, de cette expression issue de l'argot des conscrits, « nickel » ou « nickel chrome ».

– Bon, ça va, hein, c'est pas bien de se moquer des vieilles personnes, Jambe, tenta alors Antoine, accompagnant sa réponse d'une mine faussement grave, pour montrer que lui aussi maîtrisait le registre pince-sans-rire.

Sortant d'une enceinte portative, la musique – du gros son, qui ne lésinait pas sur les basses – coupa court à cet échange. Jambe prit un micro qui semblait sorti de nulle part :

– Allez, les M.E., le car va pas attendre ! On monte un par un !

Au lieu d'épeler les lettres de l'abréviation, « M.E. », comme il aurait dû le faire, Jambe disait « les meu » : de l'humour là encore, très dans les façons du Kloub, passé maître dans l'art de se moquer gentiment des clients pour susciter chez eux un sentiment de connivence.

On accédait à l'intérieur de l'autocar comme des coulisses on monte sur scène, par un petit escalier :

– Elle nous arrive du Puy-de-Dôme, elle veut bronzer, elle veut s'amuser, et elle venue seule, mmmm... Je vous demande un tonnerre d'applaudissements pour... Vanessa ! déclamait Jambe. Ils sont sept en comptant le petit chien, ils viennent chaque année, ce sont des piliers, c'est la famille Jardignac ! C'est un joli cœur, c'est le bourreau de ces dames, et peut-être aussi de quelques messieurs : Keeviin !

Antoine voyait avec terreur la file diminuer devant lui : il allait y passer, rien à faire. Ce serait bientôt à lui et ses filles d'apparaître en pleine lumière.

Et d'ailleurs voilà, c'était leur tour. Antoine hissa ses filles jusqu'à la première marche du petit escalier, qu'elles escaladèrent en s'aidant des mains, comme des écureuils.

– Il s'appelle Antoine, il a beaucoup d'humour et deux petites filles sages comme des images. Il faut lui faire un triooooomphe !

Après avoir serré la main du chauffeur, comme s'il était l'arbitre d'un match de boxe auquel il participait, Antoine fit, avec l'index et le majeur, un timide V de la victoire. Et la musique repartit de plus belle, rythmée par les moulinets de bras de l'animateur, qui dopait les applaudissements des passagers en hurlant la formule kloubienne rituelle : « C'est ça ! C'est ça ! C'est-ça-c'est-ça-c'est-ça ! » Il suffisait de répéter « c'est ça » deux fois à un certain rythme, puis trois fois en accélérant, pour oublier tous ses soucis et ne faire plus qu'un avec l'instant présent.

6.

La route, noire comme l'ébène, sillonnait le désert, qui commençait juste après l'aéroport. Elle était très curieusement jalonnée, sur toute sa longueur, pendant des kilomètres, de lampadaires flambant neufs de style néo-haussmannien. Le fabricant devait être l'ami du Président. Il était même probable que ce fabricant fût le Président lui-même, par l'intermédiaire de quelques sociétés écrans.

– Il y a des dragons, papa, tu crois ? demanda Garance.

– Oui. Des dragons du désert, c'est une espèce particulière.

– Mais où ils se cachent ?

– Ils s'enfoncent dans le sable. Ils se roulent sur eux-mêmes, c'est très curieux à voir.

– Les dragons crachent-ils du feu par le nez, papa ? Ou seulement par la bouche ?

– Par la bouche. Techniquement, ils peuvent aussi cracher par le nez, mais ils trouvent cela inélégant, sans compter que cela irrite un peu leurs naseaux.

En matière d'animaux imaginaires, de créatures fabuleuses, Antoine avait toujours réponse à tout.

Cela faisait de lui, au bout du compte, un excellent père.

Après la grille, une longue allée dallée de marbre menait au bâtiment central. Elle était bordée de colosses de grès rouge, d'époque douteuse, à l'aspect plus ou moins consciemment inspiré des sculptures monumentales de l'antique Babylone. Ou peut-être de certains royaumes de l'Iran préislamique. Les statues étaient toutes coiffées du même modèle de couronne ogivale, splendidement décorée : manifestement une réplique de la fameuse tiare de Saïtapharnès, roi scythe. Cet objet fabriqué à la fin du XIXe siècle par un faussaire de génie avait été acquis pour une somme fabuleuse par le musée du Louvre qui, à l'époque, n'y avait vu que du feu.

– Et nous, quand est-ce qu'on deviendra des statues ? lui demandèrent ses filles.

Comme les peuples d'autrefois, elles ne croyaient pas qu'il pût s'agir de formes de pierre imitant des personnes, mais bien de vraies personnes mortes, pétrifiées pour l'éternité.

Le premier bâtiment, qui abritait la réception, débouchait sur une immense terrasse dominant la mer. Une armée de jeunes A.D.D. attendait les arrivants, tous vêtus d'un polo blanc sur lequel s'étalait un mot d'ordre écrit en français : « OUI est la réponse : quelle est la question ? » Ils se pressaient autour des M.E. avec un plateau d'argent à la main, sur lequel reposait une petite serviette humide et parfumée, roulée comme un suaire, afin que les nouveaux clients se rafraîchissent le visage. Antoine prit le linge que lui tendait CÉLINE, ainsi que son badge la signalait.

Remerciant d'un hochement de tête, il s'épongea le front. À peine lui avait-il rendu la serviette que déjà Céline était sur sa bouche. Il sentit la langue de la jeune femme forcer doucement l'entrée de ses lèvres et s'enrouler autour de la sienne. C'était délicieusement mouillé, avec un petit goût mentholé.

- Bienvenue au Kloub ! lui dit-elle avec un grand sourire, en se retirant.

Ainsi donc ce baiser profond - cette « pelle de bienvenue au Kloub » - dont tout le monde parlait n'était pas une légende. Chaque nouvel arrivant en avait bénéficié. Les orientations sexuelles, obligatoirement renseignées en amont du voyage, permettaient d'éviter tout impair. Autour de lui, c'était minoritaire, mais on s'embrassait aussi entre hommes ou entre femmes.

- Attention, pas de malentendu ! Ce n'est pas de l'amour, précisa immédiatement Jambe au micro. Juste une vieille coutume locale !

Toujours ce grand éclat de rire. Il était cependant difficile, pensa Antoine, d'imaginer quelque chose de moins « local » que cette prétendue coutume.

Il remarqua que Céline, qui s'était placée en retrait, sous l'auvent, était en train de se désinfecter discrètement la bouche d'un coup de spray, certainement aromatisé à la menthe. Les autres animateurs faisaient de même. Conformément au protocole d'hygiène établi pour le personnel, qui permettait en principe, pourvu qu'on le mît en œuvre juste après l'échange buccal avec les clients, avant que d'éventuels germes covidéens ne puissent faire leur œuvre, de prévenir tout risque d'infection.

On les avait maintenant réunis dans une grande salle toute blanche, creusée en contrebas de la terrasse. Sur la scène, le micro à la main, c'était encore Jambe qui officiait :

– Ça y est ! Vous y êtes ! Bienvenue au Klouououououb d'Alexandrie !

Cette déclaration, qui marquait officiellement l'entrée dans les vacances, fut accueillie par des hurlements de joie. Toute la pression accumulée pendant un an était en train de se libérer en l'espace de quelques secondes. La femme bouclée de l'aéroport s'était levée pour pousser un grand cri.

– Ne vous réjouissez pas trop vite, vous ne savez pas ce qui vous attend ! plaisanta à nouveau Jambe.

Avant de poursuivre, sur un mode plus pratique :

– Bon, d'abord l'essentiel : tout le monde a bien son *sésame* ?

Une forêt de bras se leva, secouant les poignets ceints du précieux bracelet et de son médaillon magnétique marqué d'un « K ».

– Le sésame, c'est un talisman qui ouvre toutes les portes, ou presque : celle de votre bungalow, du restaurant, du club de sport, du practice de golf... Il est aussi votre moyen de paiement à partir de maintenant. Au fait, j'ai parlé de « bungalow » pour ceux qui viennent pour la première fois. Les habitués savent qu'au Kloub on l'appelle « caverne », et c'est ce nom que nous utiliserons désormais. Je rappelle aussi, ajouta Jambe d'un ton égrillard, que le sésame rouge qui vous a été distribué dans une enveloppe séparée permet d'accéder à la caverne des plus de dix-huit ans qui, par voie de conséquence, est interdite au moins de dix-huit ans. Alors pas de blague, n'est-ce pas, on n'échange pas les bracelets, hein !

La musique fit son retour à pleine puissance. Jambe esquissa quelques pas de danse, le micro lui servant d'accessoire pour effectuer quelques savants mouvements de bras. Le public tapait des mains, certains se levèrent et commencèrent à se déhancher.

– C'est-ça, c'est-ça, c'est-ça-c'est-ça-c'est-ça, approuva l'animateur.

Soudain la musique s'interrompit et Jambe s'immobilisa.

Sa face en lame de couteau semblait découper l'espace de la scène en deux parties distinctes.

– Vous êtes là pour vous éclater, avant tout, déclara-t-il d'un air étonnamment grave.

– Ouaiiiis ! hurla le fond de la salle en chœur.

Jambe éleva la main droite pour demander le silence.

– Chut, ajouta-t-il sèchement – alors même que tous s'étaient déjà tus. Mais tout divertissement, tout plaisir, reprit Jambe, a ses degrés. Pour ma part, je vous souhaite de savoir les gravir...

Il avait prononcé ces derniers mots, qui empruntaient à un registre de langue et de pensée assez inattendu dans sa bouche, d'un ton légèrement menaçant. Fourrant la main dans l'ample poche de son pantalon de lin blanc, il en sortit une boîte d'allumettes. Tandis que le niveau de luminosité diminuait dans la salle (des vantaux électriques avaient été actionnés), il en craqua une pour allumer les longues tiges noires plantées de part et d'autre de la scène. Des bâtons d'encens. Se replaçant au centre, il poussa un long soupir, avant de poursuivre, d'une voix à la fois adoucie et légèrement exaltée :

– Membres exquis, mes amis, apprenez-le : au sommet du grand escalier de la félicité se trouve Badroulboudour. Badroulboudour, sachez-le aussi, n'est pas seulement le nom de cette princesse imaginaire des *Mille et Une Nuits*, dont s'éprend le jeune Aladdin.

Antoine n'en revenait pas. Badroulboudour, effectivement, était le nom de la princesse dans la version originale d'*Aladdin et la Lampe merveilleuse*, celle de Galland. Mais qui savait cela aujourd'hui ? Depuis le dessin animé de Walt Disney, l'amoureuse d'Aladdin était universellement connue sous le prénom de Jasmine, jugé plus conforme aux attentes du public international. Il était pour le moins étrange, non seulement que Jambe fût informé du véritable nom de la jeune fille, mais encore qu'il semblât considérer un tel savoir comme allant de soi...

Bien sûr, lui, Antoine, savait. Mais c'était son métier de savoir cela. Badroulboudour... Il revint à l'esprit d'Antoine cette phrase de Galland à propos de la princesse, peut-être sa préférée – un petit chef-d'œuvre de profondeur et d'humour : « Lorsqu'Aladdin eut vu la princesse Badroulboudour, il perdit la pensée qu'il avait que toutes les femmes dussent ressembler à peu près à sa mère. » Combien Antoine en avait été bouleversé, à l'époque, et combien il en restait marqué aujourd'hui ! N'était-ce pas cela, l'amour : la découverte de la tout autre, celle qui diffère absolument de notre mère ?

Jambe interrompit la rêverie d'Antoine, en poursuivant son propos :

– Badroulboudour désigne aussi – et surtout, ajouterais-je – une véritable personne. Un être de chair et d'os, bien réel, tout ce qu'il y a de plus vivant. Et d'une beauté à couper le souffle… Les sonorités sont trompeuses. Je vois déjà certains d'entre vous se représenter Badroulboudour comme une créature exagérément potelée, replète. Une sorte de *loukoum*, au fond.

Quelques rires gras accompagnèrent cette saillie.

– Je jette un voile pudique sur ce qu'une telle imagination révèle de préjugés grossiers, de clichés éculés, sur l'Orient, et sur nous autres Arabes. Clichés dont nous pourrions, si nous étions moins magnanimes, nous sentir offensés. Je me contenterai de leur dire ceci : vous vous méprenez gravement. Apprenez, en effet, que la taille de Badroulboudour est plus fine qu'un fil de broderie, plus souple que la branche d'un jeune saule au printemps.

À mesure que s'égrenaient les paroles de Jambe, l'odeur capiteuse de l'encens pénétrait les narines de l'assistance. Il n'était pas facile de déterminer si Jambe tenait ce discours de son propre chef ou s'il récitait quelque leçon apprise en vue de ce qui n'était qu'un nouveau spectacle, dans la lignée de tous ceux qui avaient fait la réputation du Kloub.

– Badroulboudour est la légèreté même. Sa croupe, sans doute, n'est pas mince. Mais les rondeurs qui sont les siennes sont emportées dans le mouvement de son corps de gazelle et ne font que souligner, rehausser sa grâce enchanteresse.

À l'évocation du postérieur de Badroulboudour, à nouveau quelques rires ne purent être réprimés. Jambe réagit à l'affront par un mouvement de contraction de tout son corps, en fermant les yeux, comme se barricadent en eux-mêmes les animaux à carapace, face aux agressions extérieures. Puis il inspira profondément, pour montrer combien il était au-dessus de telles vulgarités, qui glissaient sur lui comme une bave insignifiante. Il n'était pourtant pas le dernier, d'habitude, à proférer des grivoiseries... Il reprit :

– Je ne vous dis rien du noir de ses prunelles, de l'incarnat de ses joues semblables à des anémones. Elle a l'éclat d'une perle, l'arrondi d'une coupole construite. Ses seins sont des écrins d'un ivoire dont les astres du ciel tirent leur éclat. Ses regards ont plus de magie que ceux de Harût et de Marût. Et son visage fait honte au disque de la pleine lune.

– Elle a l'air bien bonnasse, cette boudouldougour, ricana à nouveau un des vacanciers.

– La lune, justement... reprit Jambe sèchement, faisant mine cette fois de ne pas avoir entendu. Encore une fois, Badroulboudour est un nom qui sonne comiquement seulement aux oreilles de l'ignare. De celui qui, ne sachant pas un mot d'arabe, croit entendre une sorte de borborygme. Apprenez donc, pour ceux qui sont dans ce cas, que *Badroulboudour* est tout entier composé du mot *Badr*. Mot qui signifie “pleine lune”, car nous autres Arabes possédons un nom spécifique pour ce phénomène, nous n'avons pas besoin d'ajouter un adjectif pour parvenir au sens : la lune, toute pleine, se donne d'emblée, entièrement. *Boudour* n'est que le pluriel de *Badr*. *Badr-al-Boudour* : pleine lune des pleines lunes. Merveilleuse compacité d'un vocable qui se mire en lui-même. En se portant à la seconde puissance, il s'enroule dans le mouvement perpétuel de sa propre perfection. Comme si les lunes avaient elles-mêmes leur lune, plus lunaire encore et dont la plénitude était ainsi redoublée.

C'était une véritable leçon qu'administrait Jambe, dans sa transe pontifiante, à l'assistance médusée.

– Je voudrais dissiper un autre malentendu. Je n'ai jamais dit que Badroulboudour était une femme. J'en parle au féminin par commodité. Par convention. Elle peut aussi bien être un homme. Nous autres, au Kloub, savons bien la réversibilité de ces choses, l'universalité de la beauté, la circulation des désirs, l'arbitraire des catégories. Rien ne ressemble plus à une belle jeune fille qu'un beau jeune homme. Et réciproquement : à un beau jeune homme qu'une belle jeune fille.

Il reprit son souffle, puis ajouta d'une voix plus suave, émue :

– Or il se peut, membres exquis, mes amis, que cette pleine lune se dissimule parmi vous, dans votre nuit.

Bien qu'il fût midi et qu'il fît grand soleil à l'extérieur, le jour semblait plein de ténèbres, tout à coup, de promesses vénéneuses.

– Il est possible, même, que l'une ou l'un d'entre vous soit Badroulboudour. Je ne dis pas que cela est. Mais je vous dis que cela est possible. Cette créature merveilleuse, il n'appartient qu'à vous de la trouver. Pas d'obligation, bien sûr. Vous pouvez vous contenter de jouer au golf et de profiter des buffets à volonté. Mais je vous invite à aller plus loin. À vous livrer au jeu exaltant et dangereux de la quête et de la conquête de Badroulboudour. Peut-être votre persévérance, votre courage, votre chance, vous feront-ils croiser son chemin. À l'issue de la conversation qui s'engagera alors, conversation faite de peu de mots et de beaucoup de silence, peut-être deviendrez-vous son époux, ou son épouse ?

– Mais si on est déjà marié ? demanda, soudain troublée, une voix perdue dans la foule massée au bas de la scène, voix qu'Antoine reconnut comme celle de la femme aux cheveux bouclés. Il se retourna. Elle serrait fort les poignées du fauteuil roulant où était assis le vieil homme qu'elle accompagnait.

Antoine la dévisagea. Il réalisa enfin qu'elle ne lui était pas inconnue. C'était à peine croyable, mais cette femme n'était autre qu'Olivia Tzedakis, la célèbre compositrice dodécaphoniste. L'auteure, notamment, du célébrissime *Concerto pour Jean-Michel*, cette œuvre hors-norme qui était comme un long vibrato adressé à l'être aimé. Antoine se rappelait très bien l'interview qu'elle avait donnée, à l'occasion de la création mondiale : « Il faut retrouver la dimension dédicatoire de l'art en général, de la musique en particulier, avait-elle déclaré avec ce trémolo dans la voix qui parcourait toute sa musique. En Occident, on en est venu à prendre les moyens pour des fins. C'est notre tragédie. On a fait des concertos pour piano, pour flûte et harpe, pour trois cors. Des quatuors pour hélicoptères, même. Mais jamais *pour quelqu'un*. Jamais pour Jean-Michel. Je me moque des violons, des xylophones, des trombones à coulisse ou à piston. Je les emmerde. Seules m'importent les personnes. » L'homme âgé en fauteuil roulant qu'elle poussait comme une sorte de trophée, c'était à n'en pas douter Jean-Michel lui-même, le dédicataire de son œuvre. Depuis trente ans, il était l'époux de Tzedakis, « le compagnon mutique d'où procède toute ma musique », avait résumé Olivia.

La voir ici, au Kloub. Une artiste de cette trempe, de cette intransigeance. Et elle se comportait comme une membre exquise modèle, battant des mains et se trémoussant avec les autres sur n'importe quel morceau de RnB. Elle prenait tout au premier degré, apparemment, sans la moindre arrière-pensée. C'était proprement stupéfiant.

Antoine repensa à la femme à la valise Samsonite. Parcourant l'assistance du regard, il constata avec un certain soulagement qu'elle, en revanche, avait disparu...

Jambe répondit à Olivia Tzedakis :

– Je vois que vous n'avez pas compris, que vous ne savez encore rien. Il n'est pas d'union, aussi forte soit-elle, pas de liens, aussi indissolubles qu'ils puissent sembler, qui résistent à Badroulboudour. Ce n'est pas que Badroulboudour soit une mangeuse d'hommes ou de femmes, une briseuse de couple. Une mante religieuse. À vrai dire, c'est le contraire. Badroulboudour apporte la véritable union : les amours qui la précèdent ne sont que des approximations d'amour, les alliances qui ne l'impliquent pas ne sont que des malentendus, des ferments de discorde. Badroulboudour vient tout réconcilier.

– Mais comment la reconnaître ?

– Ah, ah ! Vous voulez aussi son numéro de téléphone pendant que vous y êtes ? Allez, ça suffit. C'est l'heure de la *pool party* !

– C'est-ça-c'est-ça-c'est-ça !

7.

Il fallait maintenant prendre possession des chambres ou, plus exactement, dans le vocabulaire du Kloub, des « cavernes ». Il s'agissait de petites constructions en béton gris, dont les parois extérieures irrégulières imitaient celles d'un gros rocher. À l'intérieur, naturellement, on disposait de tout le confort moderne. Muni du sésame qu'il avait réussi à soustraire au désordre de sa valise, Antoine, les deux filles précairement installées dans ses bras, entreprit l'ascension de l'escalier recouvert de cailloux agglomérés qui menait à leur caverne. Absorbé par l'effort, il ne prêta pas attention au grand type blond qui descendait dans sa direction. Il sentait seulement l'assurance de sa démarche, cette façon typique qu'avaient les clients, dans ce genre d'endroits, de rouler des mécaniques, de jouer aux seigneurs, aux maîtres de maison.

- Oooh, mais c'est notre petit chaperon rouge ! Ah, ah, ah ! Putain, j'hallucine, toi, au Kloub ? Ah là, je me marre ! Ah, ah, ah !

Antoine n'aurait su dire ce qui était le plus exaspérant : la brutalité même de l'entrée en matière ou cette façon de reprendre la conversation quinze ans plus tard, comme si rien n'avait changé, comme si on n'avait pas quitté les bancs de l'université. Mais l'irritation d'Antoine fut bientôt tempérée par un sentiment plus charitable, quand il constata le sérieux coup de vieux qu'avait pris Nicolas Millegarde, son camarade de Chantaume, son colocataire de Paris. Il avait la même tête carrée et les mêmes cheveux, encore nombreux, et toujours coupés ras. Comme à l'époque aussi, les rebords de ses oreilles étaient larges et gonflés comme le boudin d'un canot pneumatique. Mais son visage semblait fait d'une autre peau, plus épaisse et traversée de rides méchantes qui lui donnaient l'aspect d'une autre personne. Il ne cessait pourtant de rire, complètement inconscient du grave accident esthétique dont il avait été victime. Le pauvre, songea Antoine, qui le prenait en pitié, oubliant que l'expression « coup de vieux » n'avait de sens que pour un observateur extérieur. À proprement parler, Nicolas n'avait pris aucun « coup ». Il avait seulement été exposé à un mouvement de dégradation extrêmement progressif, lent au point de n'être perceptible à aucun instant précis du temps. Ce mouvement, du reste, n'avait sans doute pas épargné Antoine, ce que ce dernier oubliait aussi, de sorte que face à lui, Millegarde devait avoir la même impression en le revoyant quinze ans après.

– Nicolas, c'est pas vrai ! Sacré toi ! T'as vraiment pas changé ! se força Antoine.

– Pour être très honnête, je ne pourrais pas en dire tout à fait autant de toi, ah, ah, ah ! Mais ça fait plaisir de te revoir quand même ! C'est tes petits bouts de chou, ça ?

Et sans attendre la réponse :

– Note bien, cela dit, que ta présence en ces lieux est la marque d'un progrès certain, à mes yeux. De ta part, je veux dire. Le Kloub, c'est l'Orient palpable, sans les chimères. La réalité de ce qu'il est, des prestations qu'il est capable d'offrir.

Son regard parcourut l'horizon de façon circulaire, embrassant dans une même pensée de propriétaire le buffet à volonté – poissons grillés, mangues, dattes –, le sourire et les mensurations des hôtesses d'accueil, sans oublier la qualité des infrastructures – tennis, golf, piscines à triple remous et, au loin, la mer.

– Heureux d'avoir ton approbation.

– Le Kloub, j'y vais tous les ans. Il ne m'a jamais déçu. Encore que cette année, on ne sache plus tout à fait à quoi s'en tenir... Cette histoire de Crème-de-boulgour ne me dit rien qui vaille... C'est nouveau de cette saison, ce truc. Pour tout dire, j'ai trouvé le discours de Jambe assez fumeux, avec toutes ces vapeurs d'encens. J'espère que ce n'est pas le début de la *bovarysation des esprits*...

« Bovarysation des esprits » : il avait l'air très satisfait de sa formule.

Au bout du compte, se disait Antoine, le problème chez Nicolas était plus moral que physique. Ce que révélait son visage vieillissant, ce n'était pas la simple usure du temps, mais la façon dont le jeune homme qui avait été son ami était devenu la caricature de lui-même, dont ses traits autrefois mobiles, ouverts à l'aventure et à la discussion, avaient fini par se figer en une sorte de rictus satisfait. Aux dernières nouvelles, après une carrière professionnelle en dents de scie, Nicolas avait fait fortune dans le commerce de gel hydroalcoolique lors de la dernière pandémie. Raison pour laquelle, sans doute, il se frottait si régulièrement les mains tout en parlant.

– Bon, sinon, comment va Aladdin ? Il a retrouvé sa lampe ?

– Aux dernières nouvelles, il l'avait toujours. Mais l'objet suscite pas mal de convoitises, tu sais...

– J'ai entendu dire. C'est un objet qui pourrait m'intéresser aussi d'ailleurs... enchérit Nicolas, prenant par plaisanterie la tête d'un méchant de dessin animé.

Dans la véritable histoire d'Aladdin, celle écrite par Galland, ce n'était pas le vizir qui cherchait à s'emparer de la lampe, mais un autre personnage présenté comme un « magicien africain ». Il n'était pas décrit physiquement, mais Antoine l'aurait volontiers imaginé sous les traits de Nicolas...

– Au fait, ta femme n'est pas là ?

Le ton de la question n'était pas innocent. Il semblait être informé de la séparation et n'interroger Antoine que pour l'embarrasser, l'humilier peut-être. Il n'avait jamais dû digérer d'avoir été évincé du jour au lendemain, au profit de Madeleine, du petit appartement du Quartier latin.

– Elle est retenue par le travail à Paris, hélas, mentit Antoine. Mais toi-même, tu es seul ?

– Tu sais bien qu'on n'emmène pas de saucisses quand on va à Francfort... Ah, ah, ah. Par ailleurs, je ne suis pas vraiment en couple. Enfin, c'est compliqué. Tu fais quoi demain soir ? On prendra un verre ? Allez, salut, j'ai ma séance de *cross-fit* qui commence, conclut Nicolas en faisant tinter le sésame à son poignet.

Tandis que celui d'Antoine était d'un bleu standard, le sésame de Nicolas brillait des mille feux de l'or. C'était l'apanage de ceux qui fréquentaient les lieux depuis plus de dix ans, paraissait-il. La couleur des sésames indiquait l'ancienneté dans la confrérie des kloubeurs – le nombre de séjours qu'ils avaient déjà effectués. Elle était plus élégante à mesure que l'on revenait au Kloub, avec chaque fois des avantages supplémentaires pour le titulaire – lunettes de soleil offertes, peignoirs de soie ou petits-déjeuners au lit. Antoine se demanda à quelles prestations spéciales ce sésame tout en or pouvait bien donner droit.

Il songea aussi, en ce qui le concernait, qu'il n'avait pas été tenu compte de sa récente promotion sociale, qui aurait pu justifier une forme de surclassement – sinon directement l'or, du moins le passage à une couleur de rang un peu supérieur. Il n'en avait rien été. La rumeur de sa nouvelle importance n'était-elle pas arrivée jusqu'aux oreilles de la direction, qu'il supposait pourtant attentive aux mouvements de la Fortune ? Ou alors fallait-il admettre que, par exception avec le fonctionnement ordinaire de la société, de tels passe-droits n'avaient pas cours au Kloub, et que la course aux honneurs en son sein obéissait à une logique purement méritocratique ?

8.

Le fait est que tout dernièrement, le sort avait fait accéder Antoine à une relative notoriété, dont il nous faut dire un mot. Tout avait commencé une année auparavant, peu après le départ de Madeleine, d'ailleurs.

Antoine achevait un important travail de recherche consacré au prétendu alcoolisme du célèbre poète Abû Nawwas, le compagnon préféré du calife Harûn al-Rashid. Il en ressortait que, contrairement aux rumeurs colportées depuis une douzaine de siècles, le génie de Nawwas n'avait eu nul besoin de stimulants artificiels pour s'épanouir, qu'en particulier le poète ne buvait « pas tant que ça », « un ou deux verres après le repas, tout au plus ». Travail éminemment respectable, et cependant condamné à n'intéresser personne en dehors de l'infime catégorie de ceux qui, un jour, s'en serviraient pour leurs propres recherches universitaires. (Dans le domaine des humanités, la production académique, de plus en plus difficilement tolérée par le reste de la population, se cantonnait prudemment à un usage strictement domestique, comme ces potagers de l'agriculture biologique juste assez vastes pour subvenir aux besoins de la maisonnée. Antoine était comme la plupart des autres cultivateurs de l'esprit, il avait choisi de faire profil bas.) Accaparé par cette étude, dans laquelle il tentait de noyer le chagrin de la séparation – sans compter la difficulté matérielle que représentait la prise en charge de ses deux filles, une semaine sur deux –, Antoine ne prêtait qu'une oreille distraite à l'actualité, pourtant faite de beaucoup d'événements propres à frapper l'esprit, et même à le saisir d'horreur. Le sol français était, avec une fréquence toujours plus grande, le théâtre d'attentats effroyables, perpétrés au nom de l'islam. Chaque jour qui passait semblait rapprocher le pays d'une sorte de guerre civile, attisée par des puissances étrangères. De tout cela, Antoine semblait n'avoir cure.

Il fut brusquement sorti de son indifférence par une initiative tout à fait inattendue du Président de la République, Célestin Commode. Homme de lettres autant qu'homme d'État, revendiquant, nous le citons, « à l'heure des réseaux sociaux et du culte de l'instant », l'inscription de son action dans le « temps long » de la Nation, le Président croyait à la puissance des mythes. Face au chaos ambiant, Commode avait acquis la conviction qu'en complément des mesures législatives, assez musclées, qu'il venait de faire voter, un supplément d'âme était nécessaire. Son idée était d'exhiber un symbole, de trouver dans le passé une figure emblématique capable de rassembler la nation. Il était nécessaire, avait-il affirmé à ses collaborateurs, de se plonger dans l'Histoire. « Un peu à la manière, avait-il précisé, avec le sens des images frappantes qui le caractérisait, d'un homme-grenouille cherchant dans le fond d'une épave le trésor qui permettra de sauver ceux qui sont restés à la surface. » Son équipe s'était mise au travail sans tarder. « Surtout, prenez soin, avait enjoint le Président, d'éviter les grands boulevards du passé, les carrefours par trop évidents, les places trop bien éclairées. Privilégiez les ruelles, les replis, les chemins de traverse. Ne me trouvez personne de trop bien mis, de trop sonore, de trop ramenard. Pas de tête d'affiche ! Hugo, Napoléon, passez votre chemin : il me faut un modeste, un authentique. »

Les semaines passèrent, à fouiller les archives, à éplucher les livres. Quand soudain retentit le cri de la victoire :

– Ça y est, monsieur le Président, je crois que nous y sommes !

Dans le bureau lambrissé, un petit jeune homme, assez dégarni déjà, avait fait irruption sans frapper, brandissant un gros volume à la couverture plastifiée. Trois silhouettes noires enturbannées, à dos de dromadaires, s'y découpaient dans le désert sur fond de lune et de palais scintillant. Le lecteur attentif aura reconnu l'édition, déjà rencontrée, de la traduction des *Mille et Une Nuits* par Antoine Galland.

– Antoine Galland : voilà l'oiseau rare que vous cherchez, expliqua le collaborateur déplumé. Ce petit Français du Grand Siècle coche toutes les cases. Parti de rien, originaire d'une province reculée du royaume, il a mis son énergie et son intelligence, qui étaient grandes, au service de la connaissance de l'Autre : c'est-à-dire de l'Arabe, du Mahométan. Il l'a révélé au public occidental sous son plus beau jour, celui du faste de ses palais, du ventre généreux de ses femmes, de la malice de ses djinns. Catholique fervent, il a voulu cependant que les musulmans fussent compris et aimés. Il a poussé la générosité jusqu'à enrichir leur propre patrimoine littéraire. Car je ne vous ai pas dit encore le plus incroyable. La plus fameuse histoire des *Mille et Une Nuits*, *Aladdin et la Lampe merveilleuse*, n'est pas l'œuvre d'un Arabe : mais d'Antoine Galland lui-même ! Et *Ali Baba et les Quarante Voleurs*, qui est à peine moins connu, qui croyez-vous qui l'ait écrit ? Antoine Galland, encore ! Un petit Français bien de chez nous ! Et c'est le cas de beaucoup d'autres contes, plus vrais que nature, plus orientaux que les orientaux d'origine. Antoine Galland ne s'en est jamais vanté. Au contraire, toutes ces histoires confectionnées par son prodigieux cerveau, il les a fait passer pour de simples traductions. Il a gardé le silence, avec une modestie admirable, sur son propre rôle de créateur. La France, c'est cela, c'est Antoine Galland : cette générosité, cette façon de connaître et de comprendre les autres – parfois même, il faut bien le dire, notre modestie dût-elle en souffrir, mieux qu'eux-mêmes ne le peuvent ! On ne le dira pas trop fort, bien sûr, ajouta le conseiller, mais on chercherait en vain, dans tout le monde arabo-musulman, une telle curiosité, une façon aussi désintéressée de parcourir le vaste monde pour en célébrer les beautés d'où qu'elles viennent... Monsieur le Président, Galland, dans l'histoire de la littérature, c'est un événement du niveau d'Homère ou de Shakespeare : or, il n'y a même pas une rue qui porte son nom, dans tout le pays[1] ! Quelle immense injustice nous allons réparer ! La nation tout entière s'en trouvera régénérée, conclut le jeune conseiller.

– C'est exactement ce qu'il nous faut ! s'était alors écrié Commode, qui n'écoutait plus depuis longtemps déjà, mais gardait les yeux rivés sur la reproduction du portrait supposé de Galland, que lui avait fait passer son interlocuteur tout en parlant.

C'était une gravure d'après un original de Hyacinthe Rigaud, qui représentait le buste d'un homme en grande perruque bouclée, avec l'air assez fier et un beau visage bien plein.

– Qu'il soit inconnu ne me gêne pas du tout, ajouta le Président. Au contraire. Trois cent soixante-seize ans après sa naissance, notre homme garde toute la fraîcheur de la nouveauté. Du passé, il a tout le prestige, sans le côté rabâché, catéchétique. Le récit de son existence exemplaire fera l'effet, si j'ose dire, d'une bombe. Mesdames et messieurs, c'est un Français, contemporain de Louis XIV, qui a écrit *Aladdin et la Lampe merveilleuse* : n'est-ce pas merveilleux, justement ? s'enflamma-t-il. N'est-ce pas le signe à la fois du génie de notre peuple, c'est le cas de le dire, et de son infinie ouverture à l'autre ? Avec une histoire de ce tonneau, mes amis, on ressoude une nation, et l'on rabat pour un moment le caquet de tous ceux

1. Le conseiller du chef de l'État exagérait un peu. Au moment où commençait cette histoire, à notre connaissance, il y avait au moins une rue Antoine-Galland en France : à Caen, ville où le traducteur des *Mille et Une Nuits* vécut quelques années.

qui, de part et d'autre de la barricade, ne pensent qu'à avilir le pays.

L'idée fut aussitôt mise en œuvre, avec tous les renforts de publicité nécessaires, et même Antoine finit par en entendre parler. Il en sentait bien le côté un peu artificiel. Mais lorsque, quelques semaines plus tard, on lui téléphona pour le prier de venir déjeuner avec le Président, qui voulait s'entretenir avec lui « de son ancêtre », Antoine ne dit pas non. Il ne nia pas, non plus, être le descendant de celui que le gouvernement avait érigé au rang d'« homme-pont entre les civilisations ». Bientôt, les médias l'invitèrent pour apporter son expertise sur le nouvel objet de l'attention publique. Une émission entière fut même consacrée à son essai sur Galland, *Le Génie de la lampe*, paru il y a plusieurs années et resté jusqu'alors confidentiel.

Lorsque le Président décida la panthéonisation de Galland, Antoine fut naturellement intégré au comité chargé d'organiser la cérémonie. Le jour venu, sur la place des Grands-Hommes, il était aux premières loges, aux côtés du chef de l'État et de son épouse, Morgiane Commode, pour assister à l'entrée de son héros dans le saint des saints de la République.

C'était un soir du mois de mai, la nuit venait de tomber et une lune de belle taille s'élevait dans le ciel bleu foncé.

Au signal, un coup de cymbale formidable, les colonnes du Panthéon s'illuminèrent. On vit en descendre, à un rythme soutenu, des formes humaines jusque-là dissimulées dans la pénombre, glissant le long des gros cylindres de pierre comme s'il s'était agi de troncs d'arbres, ou alors de ces perches qui servent aux pompiers pour se rendre rapidement des étages supérieurs de la caserne à la remise. Bientôt ils étaient dix femmes et dix hommes, de toutes couleurs de peau, presque nus. Nouveau coup de cymbale. Les vingt protagonistes entamèrent une danse sur une *Marseillaise* endiablée, dans l'arrangement tribal spécialement conçu par la compositrice dodécaphoniste Olivia Tzedakis. Celle-ci avait intitulé sa réécriture de l'hymne national *Marseillaise pour Aladdin*. Chaque fois que le refrain revenait, le mouvement des danseurs s'interrompait brusquement. Ils se bouchaient les oreilles et commençaient à tourner sur eux-mêmes, de plus en plus vite, à la façon des derviches, gardant les mains bien appuyées sur les oreilles, comme pour ne pas entendre, pour ne pas céder à la pression guerrière du chant qui, à ce moment précis, les exhortait à prendre les armes et faire couler le sang (« Aux armes, citoyens ! »). Cette séquence devait être interprétée, avait-on pu lire dans le descriptif officiel de la cérémonie, comme un hommage au soufisme et à la façon dont cette branche de l'islam pouvait (du moins dans l'esprit du Président Commode, qui avait personnellement supervisé la chorégraphie) contribuer au perfectionnement de l'esprit français, en le débarrassant de ses scories belliqueuses.

C'est alors que du fond de la rue Soufflot, à travers la nuée blanche des fumigènes, on vit s'ébranler la masse énorme d'un char gigantesque, tiré par douze éléphants tout caparaçonnés d'or. Posé au sommet de l'édifice, une sorte de mince lingot, d'or lui aussi, se détachait. C'était le cercueil d'Antoine Galland, porté en triomphe au-dessus de la foule. Étendu sur un drap de satin rouge, il rejoignait le temple de la République comme autrefois le jeune Aladdin le palais du sultan, afin de prendre la main de la princesse Badroulboudour.

Pour souligner le parallèle avec le conte, les gardes républicains faisaient voler en l'air, de part et d'autre du véhicule, des poignées de faux louis d'or frappés par la Monnaie de Paris. Comme dans le conte, chaque lancer déclenchait les acclamations d'une partie de la foule, acclamations qui n'étaient pas le fait de ceux qui se bousculaient pour ramasser les pièces, mais – ainsi que l'avait indiqué Antoine Galland dans une remarque qui était typique de son style, de sa délicatesse, et dont la justesse trouvait dans le déroulé de la cérémonie une nouvelle confirmation – précisément de ceux dont l'âme était plus élevée et qui, ne convoitant rien pour eux-mêmes, ne pouvaient s'empêcher de s'extasier, « de rendre à la libéralité d'Aladdin les louanges qu'elle méritait ».

Certes, les esprits chagrins avaient mis en doute la possibilité que les ossements que renfermait le cercueil appartinssent effectivement à Antoine Galland. Il était douteux que le squelette déterré dans le sous-sol de l'église Saint-Étienne-du-Mont, que l'on avait fait fouiller à la hâte à la demande du Président (« trouvez-moi son corps ! »), fût celui du grand orientaliste. À vrai dire, il y avait très peu de chances que ce fût le cas. Mais comme Antoine Galland était mort sans descendance et sans sépulture connue, à Paris, dans l'actuel V^e^ arrondissement, non loin de cette église Saint-Étienne-du-Mont où nombre de célébrités du Grand Siècle reposaient, on avait supposé qu'il avait pu être enterré là, et décrété que la première dépouille trouvée serait la sienne.

Certes aussi, les mêmes esprits maussades avaient relevé que, dans le texte original de l'*Histoire d'Aladdin*, ce dernier parade dans la ville à cheval - une monture surpassant « en beauté et en bonté le cheval le plus estimé qui soit dans l'écurie du sultan, dont la housse, la selle, la bride et tout le harnois valaient plus d'un million » - et que la mobilisation pour la circonstance de pachydermes trahissait l'influence de l'adaptation grossièrement infidèle qu'en avait faite, près de trois cents ans plus tard, en 1992, les studios Disney, ce qui, pour une cérémonie patriotique à la gloire de Galland, la fichait un peu mal.

Il n'empêchait, le spectacle avait produit son petit effet, son grand effet plus exactement, et Antoine lui-même, qui aurait eu toutes les raisons de faire la fine bouche, s'y était laissé prendre de bon cœur.

Quelques semaines plus tard, la *Galland-mania* avait gagné tout le pays. Une fois n'était pas coutume, le Président Commode avait réussi son coup. Les Français étaient partis au quart de tour. Ce qui les avait touchés, à vrai dire, c'était moins l'austère figure du savant polyglotte professeur au Collège royal que celle du créateur d'Aladdin, et en fait Aladdin lui-même, devenu l'idole de tout un peuple. Les divers accessoires exploitant l'image du va-nu-pieds au cœur pur se vendaient comme des petits pains. À l'école, les enfants s'échangeaient des lampes dont sortaient des génies en hologramme, qu'ils faisaient s'affronter dans des joutes sophistiquées. Le jeu reposait sur la comparaison des pouvoirs respectifs des génies en lutte et nécessitait de tenir la comptabilité stricte du nombre de vœux restant à chaque participant. Il donnait lieu à des controverses sans fin dans les cours de récréation.

Avec Aladdin, les Français prenaient leur revanche sur tous les maux dont ils s'estimaient frappés. Aladdin, c'était l'ascension sociale fulgurante d'un vaurien devenu, par les vertus combinées de la chance et du mérite, plus puissant et valeureux que le sultan. C'était aussi l'amour absolu, car tous les pouvoirs de la lampe, Aladdin les avait sacrifiés à la conquête de la princesse Badroulboudour. Aladdin incarnait enfin - et cet aspect des choses n'était pas négligeable - l'Orient *made in France*, une façon, avait déclaré un proche de l'Élysée à la presse, sous couvert d'anonymat, de rappeler à « nos amis musulmans, dont certains du reste sont nos compatriotes, que leur civilisation n'a guère de secrets pour nous, que depuis bien longtemps déjà, nous l'avons assimilée dans ce qu'elle a de meilleur, meilleur dont nos amis musulmans, soit dit au passage, feraient bien de s'inspirer eux aussi ».

Cette « renaissance franco-orientale » avait semblé porter ses fruits. Le nombre d'attentats était même en légère diminution dans le pays, phénomène immédiatement présenté comme un effet direct de la nouvelle politique du Président Commode.

Tout aurait pu en rester là et Antoine serait parti en vacances le cœur léger. C'était compter sans certaines révélations, qui troublèrent passablement la quiétude de notre héros, avant même son départ pour Alexandrie. Mais cela, nous le verrons un peu plus loin. Pour l'heure, revenons au Kloub, et faisons comme si Antoine n'était informé de rien. Nous nous conformerons ainsi à sa propre attitude, car lui-même cherchait en ce moment à oublier ce qu'il avait appris.

9.

Au Kloub, quand on est invité à prendre un verre, il n'est guère possible de refuser, ni même de différer, car on est assuré de recroiser l'auteur de l'invitation dans les heures qui suivront. Antoine avait donc dû accepter la proposition de Nicolas. Naturellement il s'était trompé de bar, il avait confondu l'*Apérikloub* d'en haut avec l'*Apérikloub* d'en bas, où il s'était rendu d'abord. Quand il arriva sur place, Nicolas était assis sur un grand tabouret, le long du comptoir en marbre blanc. Il discutait avec KHALED, le serveur, un garçon extrêmement souriant. En se rapprochant sans être vu, Antoine constata qu'ils parlaient en arabe, en dialecte égyptien plus exactement.

Il avait beau se trouver à une certaine distance, il n'eut pas de mal à comprendre que Nicolas, dont la maîtrise de la langue se limitait à quelques formules toutes faites probablement apprises dans le *Guide du routard*, ne saisissait pas un traître mot de ce que le serveur, qui prenait un malin plaisir à accélérer son débit de paroles, lui répondait. Antoine n'était pas un expert ès gros mots égyptiens, mais malgré tout il savait reconnaître les expressions signifiant « pauvre débile », « la chatte de ta mère », ou encore « qu'un torrent de merde s'abatte sur toi et ta descendance pour soixante-dix-sept générations », qui revenaient régulièrement, assorties d'un grand sourire, dans la bouche de Khaled. Nicolas accueillait ce tombereau d'insultes d'un air entendu, parfois hochant la tête d'un air grave, parfois esquissant lui-même un sourire complice.

« Ici comme ailleurs, songea Antoine, les maîtres sont monolingues, et les esclaves bilingues. Là n'est pas la moindre supériorité des seconds sur les premiers. »

Apercevant enfin Antoine, Nicolas fit au serveur le signe autoritaire que leur échange devait prendre fin. Ce dernier, souriant à nouveau, mit la main sur le cœur pour signifier que, bien entendu, *mafish mushkila*, il n'y avait pas de problème.

– Tu parles arabe ? demande Antoine feignant l'admiration.

– Oh, à peine quelques rudiments, répondit Nicolas, d'un ton qui indiquait toutefois qu'il considérait que cette langue n'avait pas de secrets pour lui. Mais ça change ton rapport au pays, aux gens. Ils sont vachement touchés que tu t'intéresses à eux, que tu puisses dire quelques mots dans leur dialecte. Au souk, je ne te dis pas les réductions que tu obtiens... Mais j'oublie que je m'adresse à un spécialiste.

– Non, moi, tu sais, c'est l'arabe littéraire. Je le lis plus que je ne le parle. Dans la rue, je ne comprends à peu près rien...

– Ah, ah, il a toujours ce sens pratique inégalable, mon Antoine !

Puis, revenant à ses propres efforts pour maîtriser la langue :

– Tout cela, note-le bien, je ne le fais pas par goût de l'exotisme ou de l'authenticité... Les Arabes ne sont pas plus « authentiques » que les autres. Et nous les Français, inversement, ne le sommes pas moins, authentiques. Nous ne sommes pas moins authentiques que les pygmées de l'Afrique – c'est juste une question de point de vue. C'est insupportable à la fin, cette idée que l'autre serait plus pur que soi-même.

Les « pygmées de l'Afrique » : décidément, Nicolas n'y allait pas de main morte, pensa Antoine.

Les cocktails arrivèrent : le classique *Sex on the beach*, et un plus original *Making love wildly with Sheherazade*. Ce second breuvage, d'une élégante couleur bleu pâle, avait la réputation d'être particulièrement épicé. C'était une spécialité du Kloub qui jusqu'à aujourd'hui avait réussi à en garder la recette secrète.

– Je me suis permis de commander pour toi, tu m'en diras des nouvelles !

Nicolas s'empara d'autorité du *Sheherazade* laissant à Antoine, assez déçu, le « sexe à la plage », banal mélange de vodka, de liqueur de pêche, de jus d'ananas et de canneberge.

C'est tout naturellement que la conversation se réorienta vers le sujet de l'amour. Nicolas avait changé d'avis au sujet de Badroulboudour. Il semblait maintenant très désireux de participer à sa recherche, soucieux de mettre toutes les chances de son côté pour en faire la conquête.

– J'ai l'impression qu'elle serait la solution à mes problèmes, ajouta-t-il tout à coup, sous un ton de confidence sincère qu'il n'avait jamais adopté jusqu'à présent.

Il développa, avec une délicatesse inhabituelle :

– Tu me demandais, l'autre jour, pourquoi j'étais seul. La vérité est que je n'arrive jamais à en finir avec mes relations précédentes – d'autant que, je ne te le cache pas, elles sont nombreuses... Si bien que je ne suis jamais disponible pour en entamer une nouvelle. Il m'arrive de faire des rencontres, bien sûr, mais immédiatement après je suis rattrapé par une histoire ancienne... Comment dire ? C'est comme si j'étais fait de couches de temps multiples, sédimentées les unes sur les autres. Revoir un être aimé autrefois réactive en moi l'homme antérieur qui l'aimait, qui reprend alors le contrôle de moi-même, comme si rien depuis ne s'était passé. Il est possible que peu après je croise une troisième femme, connue également auparavant, qui me fait exactement le même effet. Et ainsi de suite... C'est sans fin. Je vis concomitamment dans de multiples espaces-temps, qui tous me rattachent au passé, et m'empêchent de vivre le présent...

– En somme, tu ne peux t'empêcher de remettre le couvert avec tes ex...

– Ah, ah ! Et c'est moi ensuite que l'on taxe de vulgarité ? Mais, oui, on peut le dire comme cela aussi.

– C'est en effet un problème, répondit Antoine, avec l'assurance qu'on a lorsqu'il s'agit de la vie des autres. Il me semble que l'amour consiste précisément à savoir résister au passé, à ses sirènes, pour toujours se tenir à la pointe du présent, aux côtés de celle qui vit avec nous. Il y a une forme d'égoïsme à se réfugier ainsi dans des demeures antérieures, car les femmes de jadis n'y habitent plus. Ce que l'on y trouve, ce ne sont que des souvenirs agréables, et sans conséquence...

– J'en suis bien conscient, tu sais. C'est bien pour ça que je voudrais en sortir.

Antoine était touché par cet aveu, et cette façon de se rallier ainsi au raisonnement de son ami. L'imbécile satisfait de tout à l'heure s'était volatilisé.

– Et tu crois que Badroulboudour est la solution ?

– Je sais bien que ce n'est qu'un jeu. Mais nous sommes au Kloub. Les jeux sont plus intenses, parfois, que la réalité même... Tu n'as pas idée. Pas encore, du moins... C'est un vieil habitué de l'institution qui te parle... Je ne sais pas exactement ce qu'est cette Badroulboudour, mais je la crois capable de m'attirer dans ses filets pour de bon. Et ce faisant de m'arracher à mes lubies rétrospectives – pour me précipiter dans l'avenir. Elle peut, si j'ose dire, me remettre la flèche du temps dans le bon sens. Et alors, à moi, de nouveau, les petites Anglaises !

À ces mots, Nicolas, par un mouvement d'aspiration puissant imprimé à sa paille, vida d'un coup le contenu de son *Sheherazade*.

Antoine, de son côté, tardait à finir son verre. Il avait la paille entre les doigts et s'en servait pour touiller distraitement le reste de son *Sex on the beach*. Il repensait à ce qu'il venait d'affirmer à Nicolas, sur les sirènes du passé. La remarque n'était juste, évidemment, que dans l'hypothèse d'histoires effectivement révolues, artificiellement ravivées le temps d'une étreinte. Mais lorsqu'on n'avait jamais cessé d'aimer, en dépit de la séparation, en dépit des années écoulées, il en allait tout autrement. Il n'y avait pas de nécessité plus ardente que de renouer ce qui avait été rompu. L'amour ne consistait pas à larguer les amarres, mais au contraire à rentrer au port que l'on n'aurait jamais voulu quitter.

Pendant ce temps, au bar, Khaled essuyait avec application les grands verres à cocktails qu'il venait de laver, en préparation des libations futures.

10.

Madeleine ne regardait jamais la télévision. Fallait-il qu'elle ne fût pas dans son état normal, ce soir-là, pour prendre la télécommande, tout en se jetant sur le canapé du salon.

On était en plein mois de juillet et toute la journée il avait plu à Paris. Toute la journée, elle avait marché dans la rue, trempée, et finissant par avoir froid, car la température non plus n'était pas de saison. D'autant qu'elle était vêtue d'une petite robe à bretelles, très comparable, elle s'en était fait la réflexion, à celle qu'elle portait lors de sa rencontre avec Antoine.

Antoine. Elle n'avait pas eu de mal à l'attirer jusqu'au Kloub, songea-t-elle. Lorsque le sujet des vacances d'été était venu sur la table, les vacances qu'il devait passer seul avec les filles, elle avait rappelé, l'air de rien, que pour sa part, l'année précédente, juste après leur séparation, c'était au Kloub qu'elle était allée. Ensuite, parmi d'autres propos, de façon tout à fait incidente, elle avait glissé combien elle trouverait désolant qu'il se contentât de l'imiter, et ne fût pas capable d'avoir une autre idée pour les vacances, que cette destination ne lui correspondait évidemment pas du tout, qu'un intellectuel comme lui était la dernière personne susceptible de fréquenter un tel endroit. En outre, le Kloub n'était pas dans les moyens d'un professeur d'université comme lui... Elle-même s'y était rendue seulement parce que ses parents – de riches chirurgiens-dentistes de la région bordelaise – y avaient depuis toujours leurs habitudes, qu'elle y allait depuis toute petite et que c'était la dernière tradition familiale à laquelle elle sacrifiait. Si en dépit de tout cela, il finissait par y aller, avait-elle également suggéré – mais c'était vraiment subliminal –, ce serait la démonstration de son inconsistance, de sa complète inaptitude à être véritablement, dans la réalité, celui qu'il prétendait être. En le soumettant aussi insidieusement à une telle obligation morale, celle de *ne pas* aller au Kloub, elle était sûre de déclencher chez Antoine le mécanisme psychologique qui le conduirait, irrémédiablement, au résultat inverse. Les faits lui avaient donné raison. Antoine avait cherché méthodiquement à échapper à la destination interdite, mais tétanisé par la peur de ne pas réussir, il avait multiplié les tentatives hasardeuses, se fourvoyant dans des projets trop originaux pour être praticables, se rabattant ensuite sur des idées trop plates pour être dignes des vacances, péchant par défaut ou par excès d'audace, jusqu'à se sentir totalement perdu et conclure, la mort dans l'âme, que la seule solution viable, quoique ruineuse, pour lui et ses deux filles, était de partir au Kloub comme Madeleine l'avait fait l'année précédente.

Elle n'avait pas besoin de prendre de ses nouvelles pour savoir à quoi avait pu ressembler sa première journée, là-bas, de l'autre côté de la Méditerranée. Ayant déjà fait le voyage, elle avait une vision assez précise de la série de petites catastrophes qui avaient dû s'enchaîner depuis le départ d'Antoine de son domicile, avec les filles, direction l'aéroport. Elle était à peu près certaine, cependant, que rien de très grave n'avait pu arriver, grâce à la tendance d'Antoine à se reposer sur les autres, à suivre le mouvement, à se fondre dans le groupe. Cet instinct grégaire, même s'il avait davantage encore contribué à l'atrophie de ses facultés psychomotrices, s'était révélé tout à fait salutaire ; il était en effet plus rationnel pour des personnes au comportement aussi hasardeux de compter sur autrui que sur elles-mêmes. Le Kloub était une organisation sérieuse, professionnelle, ils avaient dû arriver à bon port. Il était même certain que, cette fois, Antoine n'avait pas perdu ses bagages, comme il l'avait fait, de façon si impardonnable, à Tanger. (La valise Samsonite... Elle n'en revenait toujours pas, comment avait-il pu...) Car le Kloub prenait en charge les valises dès l'arrivée à l'aéroport. À l'heure qu'il était, Antoine était très probablement au bord de la piscine, à siroter un cocktail sucré, en attendant d'aller rechercher les filles au Minikloub. (Le Minikloub, informons-en le lecteur au passage, était ce véritable « Kloub dans le Kloub », comme on parle d'un État dans l'État, ce royaume des enfants où ils étaient intégralement pris en charge, pour en soulager leurs parents pendant la journée entière.) Donc Antoine sirotait sans doute un cocktail. Mais comme il devait, en même temps, être très occupé à reluquer une des créatures de rêve qui sévissaient au bord du bassin – Madeleine imaginait sans peine un type plutôt méditerranéen –, il s'était certainement, en voulant reprendre une gorgée, enfoncé la paille dans le nez. Avant qu'il ne s'en aperçût, le sirupeux breuvage lui était remonté jusqu'au fond de la narine, ce qui, sans aucun doute, avait été assez désagréable.

Les gens maladroits sont prévisibles, pensa-t-elle. Car ils sont, davantage que les autres, soumis au déterminisme du monde matériel, dont les habiles, les agiles, les virtuoses, eux, semblent se jouer, pour imposer leur liberté. Antoine, il fallait le reconnaître, avait de belles théories, qui allaient assez loin, et pouvaient vous emmener dans des régions de l'esprit assez dégagées, d'où se découvraient des horizons vastes, souvent inédits. Mais dans la pratique, on en faisait ce qu'on voulait. Il était à la merci de la moindre porte ou fenêtre.

Il faisait encore jour à Paris. Mais à trois mille kilomètres au sud-est, la nuit était tombée à présent. Après le dîner et le spectacle du soir, Antoine était sans doute en train de remonter avec Garance et Aubépine vers leur caverne. Il devait porter Aubépine sur son dos et tenir Garance par la main. Cela aussi, Madeleine le percevait maintenant, avec la lucidité que donnait la distance, avec plus de netteté que d'ordinaire. Parvenue à ce point, sa méditation se fit plus tendre. Elle voyait combien Antoine aimait ses filles et combien elles le lui rendaient. Et cet amour constituait une autre raison, beaucoup plus puissante à vrai dire, de croire qu'avec lui ses filles étaient en sécurité. L'amour donnait des ailes, il rendait inventif, il permettait aux plus infirmes de se rattraper aux branches, de déployer soudain des trésors d'ingéniosité pour pallier leur invalidité. Elle savait qu'il n'était pas possible, en dépit de toutes ses insuffisances, qu'Antoine laissât arriver quelque chose à ses enfants.

Pas un seul instant, du reste, elle ne pouvait sérieusement regretter d'avoir rencontré Antoine et de l'avoir aimé, ainsi qu'elle l'avait fait, de s'être unie à lui, exactement de la manière dont cela s'était produit. Car si les choses s'étaient passées différemment, ne serait-ce que très légèrement, alors elle n'aurait pas mis Garance et Aubépine au monde, mais d'autres enfants, ou alors pas d'enfants du tout. Or, il n'y avait pas d'idée plus insupportable que celle d'un monde où Garance et Aubépine n'existeraient pas, ne seraient pas exactement, à la virgule près, ce qu'elles étaient aujourd'hui. Antoine, son mariage avec Antoine et tout ce qui s'en était suivi jusqu'à la naissance de ses filles, relevait par conséquent de la nécessité la plus absolue, un événement à jamais et infiniment désirable.

Bientôt vingt et une heures. Elle actionna le bouton rouge de la télécommande. L'écran s'alluma directement sur la septième chaîne, réservée aux intellectuels, celle que regardait Antoine : la confirmation que, depuis l'expulsion de ce dernier du domicile conjugal, Madeleine ne s'était jamais servi du téléviseur.

C'était une nouvelle édition de l'émission *Top écrivains*, sponsorisée par les éditions Grassouille, en direct de l'Institut de France. Tandis que résonnaient les premières notes du mouvement rapide du *Concerto pour Jean-Michel* d'Olivia Tzedakis, le générique consistait en un long travelling sur les bustes des plus grands écrivains français, réalisés en images de synthèse. À ceux de Rabelais, Molière, Hugo, Voltaire, Stendhal, Duras ou Proust avait récemment été ajouté, après sa panthéonisation, celui d'Antoine Galland. Comme on ne disposait pas de portrait attesté de ce dernier personnage, on s'était basé, pour reconstituer le buste, sur la vague gravure censée le représenter, d'après Hyacinthe Rigaud : il en résultait une image plus incertaine, au caractère moins affirmé que les autres. Galland, sous cet aspect, paraissait un personnage ambigu... Ah, l'émission commençait enfin. Le présentateur, Frédéric Bulot, cheveux mi-longs façon Alfred de Musset, était sous la fameuse coupole. Son premier mouvement était toujours de lever les yeux vers le haut de la voûte, pour s'emplir de la majesté de l'édifice, avant de se tourner à nouveau vers le téléspectateur pour lui faire partager sa sidération, qu'il ponctuait toujours d'un petit : « Waouh. » Il fallait maintenant entrer dans le vif du sujet. Le principe était simple. Trois concurrents – aujourd'hui une fille et deux garçons, âgés d'une vingtaine d'années – s'affrontaient sur un thème littéraire imposé. Ils planchaient une partie de la journée, jusqu'à ce que la sonnerie, semblable à celle des écoles d'autrefois, retentît, et qu'un petit troupeau d'académiciens français, dans leurs beaux habits verts de cérémonie, n'arrivassent pour ramasser les copies. Troupeau était un grand mot : en vérité, ils n'étaient que quatre, mais non des moindres. On comptait parmi eux Samuel Carrera, le pape des lettres françaises, dont le dernier roman, *Aérobic* – une histoire dans laquelle les exercices du corps et de l'esprit se combinaient subtilement au service d'une bouleversante quête existentielle – faisait fureur. Après avoir récupéré le texte de chacun des candidats, les académiciens se rendaient, serviette de cuir marquée du blason de l'émission sous le bras, à la bibliothèque Mazarine pour en faire la lecture scrupuleuse. Afin que les téléspectateurs n'eussent aucun doute sur le niveau de concentration du jury, le réalisateur multipliait les gros plans presque pornographiques sur les quatre maîtres assis, essuyant leurs lunettes pleines de buée, suçant goulûment des stylos-plume obèses entre deux notes griffonnées en marge du manuscrit. La lecture achevée, ils regagnaient la coupole de l'Institut pour deviser sur les défauts et mérites respectifs des trois candidats. Les défauts, surtout. Généralement, ils n'étaient pas d'accord, et se le faisaient savoir en émettant de curieux bêlements : « Mais enfin, tout de mêêêêêêêême. »

Ce soir-là, avait annoncé Frédéric Bulot, après le petit roulement de tambours qui scandait le passage d'une séquence à l'autre de l'émission, c'était l'épreuve du sonnet.

– Ce soir, c'est sonnet, avait-il dit simplement, avec un petit air gourmand.

La caméra se précipita sur les visages des candidats pour recueillir leurs expressions catastrophées.

– Sonnet, putain c'est pas vrai, trop relou... les entendait-on chuchoter.

– Bien sûr, vous pouvez penser à Mallarmé, mais il n'y a pas que lui, précisait le présentateur, imperturbable. C'est une longue tradition, ça remonte à Clément Marot. Pour ne rien dire de Pétrarque. Peu importe, de toutes les façons, ce qu'on vous demande, c'est d'être original, sincère, de parler avec votre cœur. Et ça, personne ne peut le faire à votre place !

– On est obligé d'alterner les rimes féminines et masculines ? demanda l'un des jeunes hommes, un gros garçon aux cheveux longs et ondulés, dont la coiffure semblait vaguement inspirée de celle de Frédéric Bulot.

– Bien entendu, voyons, où vous croyez-vous ? répondit sèchement ce dernier. Vous pensez que Marcel Proust se présentait en tongs au Jockey Club ? ajouta-t-il, pas mécontent de cette répartie qui lui était venue naturellement, sans que personne ne lui soufflât rien à l'oreillette.

Suivait une séquence, après une interruption publicitaire, au cours de laquelle chaque candidat revenait sur ses impressions.

– Finalement, avec le recul, je suis plutôt contente. Le sonnet, c'est super-technique, expliquait Kimberley, ça me convient très bien les épreuves techniques. Le genre de trucs où ça passe ou ça casse et tu peux vraiment faire la différence. L'autre jour, sur le *Samuel Beckett contest*, on était dans le flou, le fumeux, je me suis trop vautrée. Là je pense que j'ai beaucoup plus mes chances, je vais tout donner en tout cas.

Elle accompagna cette dernière déclaration d'un énergique mouvement de bras, le poing serré autour d'une plume sergent-major pointée en l'air, qui faisait penser à un pic à glace. Son père, un professeur de français au collège vêtu d'un survêtement rouge, était à ses côtés, les yeux injectés de sang.

– On ne lâche rien, ma fille, tu vas tous les défoncer !

Le deuxième candidat, le garçon un peu fort qui avait posé la question tout à l'heure, tentait de conjurer son angoisse en répétant à voix haute l'ordre des rimes dans le sonnet français de type Peletier : « ABBA ABBA CCD EDE ». De grosses gouttes de sueur coulaient le long de ses joues.

Quant au troisième candidat, l'autre garçon, un jeune homme à la peau brune et au beau visage ovale, il était nettement moins expansif. Il portait curieusement la moustache et semblait tout prendre avec bonne humeur. Il se borna à souhaiter « bonne chance » à ses deux camarades, dont il avait « tout à fait conscience », avait-il affirmé, qu'ils étaient bien plus doués et cultivés que lui.

Puis chaque candidat partit s'isoler dans la pièce qui lui avait été attribuée : un cabinet de travail assez douillet dont les murs capitonnés s'inspiraient directement, selon la production, de celui de Marcel Proust. Le travail de composition poétique pouvait commencer, sous l'œil toujours attentif de la caméra, à laquelle n'échappait aucun détail du processus créateur.

Madeleine, qui commençait à avoir faim, quitta le salon pour se faire à dîner dans la cuisine.

Quand elle revint devant son téléviseur, les académiciens avaient achevé la lecture des sonnets des trois candidats. Ils regagnèrent la coupole qui avait été entièrement débarrassée de ses gradins, libérant ainsi un vaste espace central. Les quatre hommes prirent place dans de gros fauteuils pour échanger leurs impressions. Une fois n'était pas coutume, un consensus s'établit rapidement sur la supériorité du sonnet de Kimberley qui, selon les petits hommes verts, dépassait les deux garçons de la tête et des épaules.

Il revenait à Samuel Carrera d'informer les candidats, convoqués à leur tour sous la coupole, de leur préférence. Les jeunes gens étaient debout côte à côte face aux immortels.

– Approchez, Kimberley, proféra-t-il de sa voix chevrotante, sans autre préambule.

La jeune fille sortit du rang pour faire quelques pas dans la direction des quatre académiciens.

– Kimberley, vos parents n'ont pas fait honneur à la langue française en vous affublant d'un tel petit nom, affirma-t-il avec un sourire fin.

C'était le moment de sa provocation hebdomadaire, toujours très attendue par le public, qui autorisait au parrain nonagénaire des lettres françaises une certaine dose d'incorrection politique qu'il n'eût sans doute pas tolérée de la part d'un autre.

– Vous n'en êtes que plus méritante, poursuivit-il, d'avoir su conjurer cette malédiction natale, pour entrer en communication avec les mânes de ce que notre littérature a produit de plus pur et de plus beau. Vous vous êtes hissée à la hauteur de tous vos devanciers, avec un naturel qui déconcerte. Vous vous êtes attaquée aux rimes les plus ardues, sans jamais, cependant, sacrifier le sens au son, la forme au fond. Je suis, pour ma part, et mes collègues sont dans le même état, bouleversé. »

Le rouge vint aux joues de Kimberley à l'écoute de ces éloges. Mais elle savait que rien encore n'était joué.

Ce n'était pas, en effet, et en cela résidait tout le sel de l'émission, aux quatre académiciens que revenait le dernier mot. À vrai dire, ils n'avaient même aucun pouvoir de décision. La délibération qu'ils offraient aux téléspectateurs relevait du pur divertissement. Un simple amuse-bouche avant que ne commençassent les choses sérieuses.

Restée dans l'ombre jusqu'alors, ingénieusement suspendue – à la faveur d'un artifice inventé par la production – à quelques mètres au-dessus du sol, une femme en tenue chamarrée, aux longs cheveux défaits, était à moitié allongée sur une sorte de méridienne. Entre les draperies et les bijoux artistement disposés sur son corps affleuraient des morceaux de sa peau splendide, presque noire, et qui réfléchissait la lumière mieux encore que ses étincelantes parures. Son visage sombre, quoique tout à fait indemne des assauts du temps, semblait l'héritier d'une très longue mémoire, le dépositaire d'une partie considérable de l'expérience humaine. Plongée, manifestement, dans l'abîme de ses souvenirs, elle semblait indifférente à la scène qui se déroulait à ses pieds.

Le rituel de l'émission était implacable. Samuel Carrera devait s'y plier. Comme il le faisait toutes les semaines, il se tourna vers la jeune femme et prononça, d'une voix grave et déférente, la formule consacrée :

« Tel est donc notre sentiment. Mais qu'en pense celle qui est à l'origine de tout récit, qui est la mère de toute histoire ? Qu'en pense l'auguste Shéhérazade ? »

Sortie de sa rêverie, la femme poussa un long soupir. Puis elle se tourna vers la caméra, pour plonger dans l'objectif ses yeux noirs immenses :

– Puisque c'est votre désir, je vais vous le dire, mes petits-maîtres. Je vais vous dire ce que m'inspirent les poèmes de ces jeunes gens. Le sonnet de Kimberley a vos faveurs. Vous le portez aux nues, au firmament des Lettres françaises. Est-ce bien, encore une fois, votre verdict ?

Les académiciens opinèrent gravement du chef.

Après un silence pendant lequel l'assistance avait retenu son souffle, Shéhérazade reprit :

– Je suis bien éloignée, quant à moi, de partager vos vues. Je crois même que rarement l'imposture aura été poussée aussi loin qu'aujourd'hui, sous la forme des quatorze vers que cette jeune fille nous propose. La démoniaque virtuosité dont elle fait preuve, sans qu'un seul mot, une seule intonation, je dirais presque la moindre lettre, jamais, ne vienne du cœur, est une sorte d'assassinat de la littérature. Sa jeunesse n'est pas une excuse. Si j'osais, je vous dirais, au contraire, qu'elle est une circonstance aggravante. Si proche encore de l'enfance, et à ce point coupée déjà de l'émotion véritable, à ce point rompue à toutes les roueries par lesquelles on se détache de la vie vraie pour s'enfermer dans les faux semblants et l'artifice… De telles infamies, croyez-moi, ne sont pas choses qui doivent être prises à la légère. Si je m'étais, à l'époque, livrée à de semblables supercheries, je n'aurais pas tenu une nuit. Shahryâr qui, nonobstant sa cruauté, était un homme au goût très sûr, un homme infiniment sensible, ne s'y serait pas laissé prendre un instant. Et mon corps supplicié aurait rejoint la fosse commune des femmes innombrables qui m'avaient précédé dans sa couche. Le massacre aurait continué, peut-être jusqu'à l'entière disparition du genre féminin. Nous ne serions pas là, aujourd'hui, pour en parler.

Elle s'adressa alors, pleine de rage, directement à la candidate décomposée :

– Vous qui vous prétendez une femme, Kimberley, comment avez-vous pu ?

La pauvre Kimberley fondit en larmes et s'enfuit du plateau. En coulisses, elle fut prise en charge par la cellule d'aide psychologique de l'émission, qui manifestement en avait vu d'autres.

Shéhérazade ne chercha pas à dissimuler le soulagement que lui inspirait le départ de Kimberley. Soudain parfaitement détendue, elle se leva et descendit les quelques marches qui, de son alcôve suspendue, la séparaient de l'arène centrale où elle rejoignit les académiciens et les deux candidats restants. Abandonnant le ton martial qu'elle avait privilégié jusqu'ici, elle reprit :

– Ah, mes petits-maîtres, il y a sonnet et sonnet. Ce que l'on peut faire, à partir d'une même forme ! Le pire, comme le meilleur. Prenez celui-ci, fait de mots tout simples, sans apprêt. Ses rimes sont si discrètes, si délicates, qu'on croirait qu'il ne rime pas. Cela ressemble à une conversation, à la lettre qu'on enverrait à un ami. Il me parle au creux de l'oreille et peut m'emmener où il veut, vers cet Orient, en particulier, qui est l'objet de ses attentions, et qui n'est pas une zone géographique, mais une région du cœur... Ne regardez pas ailleurs, monsieur, c'est de votre poème que je parle.

Elle s'était approchée du second jeune homme, le moustachu à la peau brune et au beau visage ovale. Sans le toucher, elle avait de sa main, à distance, mimé le geste de lui prendre délicatement le menton pour tourner son visage dans sa direction. Le jeune homme, comme fixé par un aimant, suivit le mouvement et la regarda.

– Et quelle audace, avec des moyens si simples, et en si peu de lignes, d'avoir repris l'histoire d'Aladdin... D'avoir condensé mon récit, plein de rebondissements et de péripéties, pour le résoudre en pur poème. Cette façon que vous avez de conclure par le mot « lampe »... Que vous faites rimer avec « hippocampe »... Que c'est drôle. Mais je parle, je parle, et je m'aperçois que nous ne connaissons même pas votre prénom. Comment vous appelez-vous, mon enfant ?

Le jeune homme la regarda d'un air très doux et lui répondit, sans timidité aucune, faisant résonner dans sa voix la musique d'une langue étrangère, bien connue de Shéhérazade :

– Mon nom est Hanna. Hanna Dyâb.

À ces mots, ce fut au tour de Shéhérazade de manquer de défaillir. La couleur de son visage changea et elle sembla privée de parole.

– Il ne faut pas avoir peur, madame, reprit doucement Hanna. Je suis seulement venu reprendre ce qui m'appartient.

De l'autre côté du téléviseur, Madeleine arborait un large sourire. Pour l'instant, le plan fonctionnait à merveille. La France faisait connaissance avec Hanna Dyâb. Sans se douter encore de ce que cela signifiait. Elle repensa à Antoine. Pourvu que, là-bas aussi, tout se passât comme prévu. Elle éteignit la télévision sans attendre le générique de fin. Demain, elle se levait tôt. Elle avait un avion à prendre.

11.

Il y avait ces deux jeunes femmes au bord de la piscine, à une bonne dizaine de mètres de lui. Se pouvait-il que l'une d'entre elles fût Badroulboudour ? Celle de gauche, en particulier ? Une brune aux cheveux courts, assez mate de peau. Elles étaient allongées sur des transatlantiques et il semblait à Antoine qu'elles parlaient de lui.

– Physiquement, le mec n'est pas un canon, disait celle de gauche. Mais il a l'air super intelligent…

– Et donc ?

– Et donc ça m'excite un peu.

– Putain, je rêve, la meuf est sapiosexuelle ! s'exclama l'autre en pouffant.

Mais en réalité, à la distance où il se trouvait, de l'autre côté du bassin, Antoine ne pouvait rien entendre. Ce dialogue avait toute chance d'être seulement imaginaire. C'était d'autant plus probable, pensait Antoine, que la « sapiosexualité » (néologisme douteux qu'il avait trouvé quelque part dans la presse féminine et dont ce qui lui restait de machisme supposait qu'il pouvait être dans le vocabulaire de jeunes filles comme celles qu'il avait en face de lui), cet attrait pour l'intelligence, qui faisait désirer – indépendamment de ses mérites propres, et même, parfois, en dépit de ses notables imperfections, de sa mocheté – l'enveloppe corporelle qui l'abritait, perdait chaque jour du terrain. Elle était devenue un phénomène très minoritaire.

La matière régnait en maîtresse sur le monde, voilà ce que pensait Antoine. Comme jamais. Il y avait très peu de chances, de nos jours, que Socrate, avec son horrible tête de silène, fît tourner la tête du bel Alcibiade. Personne ne croyait plus à la possibilité, si on ouvrait le philosophe en deux, d'y découvrir la statue d'un dieu – ou alors cela n'intéressait pas.

On avait coupé les ailes de l'amour, telle était son opinion, en d'autres termes.

Les femmes, pas différentes des autres désormais, jugeaient sur pièce. Comme les bouchers, comme les géomètres. Elles ne se laissaient plus impressionner par les théories, les délires. Loin des divagations de l'esprit, la taille d'un biceps, la largeur d'une épaule, la carrure d'une mâchoire, et même, il fallait avoir la lucidité de placer le débat à ce niveau, la longueur d'un pénis, la grosseur des couilles, voilà qui était tangible, incontestable.

Les hommes, bien sûr, étaient mal placés pour se plaindre vu que, pour leur part, ils raisonnaient ainsi depuis la nuit des temps. D'ailleurs, lui-même, en ce moment, qui n'avait d'yeux que pour la brune à la peau mate, en était une illustration. Cette pensée l'effleura un très court instant.

Même l'humour, complétait Antoine dans sa tête – qui naguère encore permettait de compenser les disgrâces de la nature –, avait fait long feu. Femme qui riait finissait de moins en moins dans ton lit. Ce qu'on pouvait comprendre : si l'on réfléchissait, en effet, il n'y avait aucun lien logique entre le fait d'être drôle et les performances sexuelles. Au contraire, même. On pouvait présumer une forme d'antinomie entre les deux compétences. Faire l'amour efficacement exigeait une concentration, un sérieux, une forme de technicité peu compatible avec la plaisanterie.

La fille de gauche, de loin la plus jolie, donc, semblait le regarder de temps en temps, cependant. À moins que ce ne fût une nouvelle illusion : à cette distance, et avec les lunettes de soleil qu'elle portait, elle pouvait bien observer n'importe qui, ou quoi, d'autre. Voire fermer les yeux. La voici qui se levait. Elle ne se dirigeait pas du tout vers lui, mais dans le sens exactement opposé, vers le bout de la piscine.

Antoine n'osa pas la détailler. Cela l'aurait contraint à tourner la tête pour la suivre, de façon d'autant moins discrète qu'elle marchait d'un pas rapide, à une cadence assez inhabituelle au bord d'une piscine. Mais, par la vision de côté, il ne perdait rien de l'impression générale, de pesanteur et de légèreté mêlées, produite par le mouvement de son corps.

(À cet instant, Antoine eut la douloureuse sensation d'un liquide glacé envahissant les tréfonds de ses narines. Il comprit que, par mégarde, il venait de s'enfoncer la paille de son cocktail dans le nez. Il reprit péniblement ses esprits, et une contenance.)

La fille s'était arrêtée devant le bassin, du côté de la partie profonde, à l'opposé des petites marches en arc de cercle qui permettaient d'entrer progressivement dans l'eau. Elle était grande, élancée, mais non tout à fait mince – ce qui était loin d'être gênant. La finesse de sa taille, en même temps, sa souplesse, évoquait le roseau, le saule, une branche de rameau.

Elle avait laissé ses lunettes de soleil là-bas, sur sa serviette. À la place, elle tenait dans le creux de sa main des binocles de plongée, qu'elle enfilait maintenant d'un geste expert, élargissant adroitement le caoutchouc de la lanière, avant de le relâcher à l'endroit de son crâne qui convenait exactement.

Sans prendre la peine, malgré la chaleur écrasante, d'asperger préalablement les zones thermosensibles de son corps afin d'éviter une hydrocution, sans même vérifier la température de l'eau (Antoine aurait aimé l'y voir tremper lascivement le bout de son pied, comme une jeune chatte sa patte dans l'écuelle pleine de lait frais), elle plongea d'un coup. D'un coup qu'on aurait pu dire sec, songea Antoine, s'il ne s'était agi, précisément, d'entrer dans l'eau. Presque pas d'éclaboussures. Elle ne remonta à la surface que pour reprendre sa respiration et ajuster ses lunettes, avant de s'enfoncer à nouveau dans le liquide bleu.

Antoine n'aimait pas tellement regarder les gens nager. Absorbés dans leur nouvel élément, les nageurs semblaient avoir complètement abandonné l'humanité pour rejoindre le règne subaquatique, aveugles et sourds désormais à l'existence des autres, ceux qui étaient restés sur la terre ferme. Antoine préféra se désintéresser de la scène. D'ailleurs, la jeune fille, ainsi tendue dans l'effort, le corps et les cheveux lissés par l'eau et la vitesse, paraissait moins belle. Il tenta de lire mais, même sous le parasol, il faisait trop chaud. Il s'endormit assez vite.

– Je peux m'asseoir ici ?

Du fond de sa sieste, la voix qui parlait venait d'un autre monde : celui des éveillés, des mouillés, des frais. Antoine peinait à ouvrir les yeux.

– Oh pardon ! Vous étiez en train de dormir !

– Non non, pas du tout. Je vous en prie...

– Ah, tant mieux. Merci beaucoup, je m'assois, donc.

Il ne s'attendait pas à ce qu'elle eût les yeux bleus. De loin, il se les était figurés d'un noir intense, en cohérence avec l'aspect méditerranéen du reste de sa personne, et cette idée s'était ancrée en lui, assez profondément déjà. Si bien que maintenant, avec son regard clair, moins expressif que le charbon ardent qu'il avait cru deviner derrière les lunettes, elle lui faisait presque l'effet d'une mutante, une sorte de dérivé, légèrement altéré, de la vraie version d'elle-même. Ses yeux, du reste, ne ressemblaient pas tout à fait à des yeux, plutôt à des pierres précieuses.

La gêne qu'il éprouva ne dura qu'un instant, balayée par la gentillesse qui émanait de tous ses gestes, la gaieté de ses cheveux, tout ébouriffés par la serviette, et qui avaient perdu l'aspect lisse, plaqué, qui l'avait rendue momentanément moins désirable. Elle s'assit sur le bout de chaise longue immédiatement voisine de la sienne, en position droite, les pieds posés sur le sol. À une distance raisonnable de lui, par conséquent. Elle ne s'était évidemment pas installée juste à ses côtés, sous le parasol commun aux deux transats. Mais cela l'obligeait à rester au soleil. Antoine, vautré dans l'ombre, n'eut d'autre choix que de se redresser, ce qu'il fit un peu maladroitement, en ramenant les jambes vers lui, les pieds sur le matelas.

– Vous me reconnaissez ? demanda-t-elle.

– Attendez, ce n'est pas vous qui nagiez à l'instant ?

Elle rit.

– En effet. Mais je voulais dire, nous nous connaissons d'avant.

Il ne se souvenait de rien, mais répondit le contraire :

– Je vous taquinais ! Bien sûr. Comment allez-vous ?

C'était pourtant la première fois qu'il la voyait, il en était presque sûr.

– Pas mal... Figurez-vous que j'ai persévéré ! Vous m'aviez dit de m'accrocher. C'est ce que je fais. Je commence un doctorat.

Une ancienne étudiante. Perdue dans l'anonymat de l'amphithéâtre. Encore que, s'agissant de ses cours, les assemblées fussent assez clairsemées... Fallait-il que, sous un chandail informe, en hiver, elle eût été différente de maintenant, pour qu'ainsi il l'eût oubliée... En tout cas, elle avait eu la délicatesse de feindre de croire son mensonge. À moins qu'elle n'y eût cru effectivement – convaincue qu'une fille comme elle, même sous un gros pull, reste à jamais gravée dans les mémoires. D'où, d'ailleurs, dans cette hypothèse, l'aplomb avec lequel elle l'avait abordé.

– C'est une merveilleuse nouvelle ! Et quel est l'intitulé de votre thèse ?

– Oh, c'est très embryonnaire. Je n'ose pas trop encore en parler.

– Mais au contraire... Je suis là pour ça.

Cette dernière remarque, faite sans humour, n'était pas très maligne : il était assez manifeste, en effet, qu'il n'était pas vraiment là pour ça, il n'était plus son professeur depuis des années et, en ce moment, il était au Kloub, vautré sur un transat. En affirmant le contraire, il faisait preuve d'un empressement tout à fait déplacé. De son côté, elle n'en semblait pas surprise.

Elle avait apporté un tube de crème solaire et, tout en parlant, se l'étalait consciencieusement sur le corps, avec un soin particulier, se servant du bout de ses doigts comme d'un pinceau. Sous le soleil, son ventre luisant avait maintenant la couleur de l'or. Il devait être aussi doux que le beurre, avec des senteurs de musc.

Ses cheveux très noirs paraissaient épais comme le crin d'un cheval. Le bout de son nez était rond, et un peu fort. Ses larges dents toutes blanches étaient rondes aussi, comme des galets. Elle se tourna légèrement, pour saluer son amie qui s'en allait : un peu de sueur argentée coulait le long de son dos à la chute de sa nuque. À Antoine, il prit l'envie de lécher cette sueur, d'en boire jusqu'à la dernière goutte.

Elle changea de sujet, avec un petit sourire :

– Je n'aurais pas pensé que quelqu'un comme vous fréquenterait... ce genre d'endroits.

La même remarque que Millegarde. Antoine hésita à lui servir le laïus qu'il avait préparé avant d'arriver au Kloub, à toutes fins utiles, pour y justifier sa présence, qui partait du constat de l'impuissance des intellectuels d'aujourd'hui, devenus des techniciens du savoir coupés de toute sagesse, à vivre une vie supérieure à celle de leurs semblables. La culture académique ne leur offrant pas la moindre immunité contre le monde tel qu'il allait, ils étaient condamnés, comme les autres, au tourisme et à la consommation de masse. Mieux valait par conséquent en prendre franchement, lucidement, son parti, plutôt que se payer de mots, de postures. Antoine hésita à expliquer tout cela, mais il se ravisa :

– Si vous y êtes, pourquoi n'y serais-je pas ?

Cela pouvait s'entendre en plusieurs sens. Son interlocutrice choisit de s'en tenir au premier, le moins sentimental :

– Moi, ce n'est pas pareil. Je n'ai pas de raisons d'être aussi difficile que vous. Enfin, je veux dire : aussi difficile que je pensais que vous le seriez. Je ne suis pas vraiment une intellectuelle. En tout cas, pas une spécialiste du monde arabe, familière, comme vous l'êtes, des pays qui le composent, susceptible d'être reçue par les personnes les plus intéressantes.

Il y avait maintenant un reproche, une déception.

– Je ne suis pas du tout un spécialiste du monde arabe, répondit Antoine. Je ne suis compétent que sur une partie, très limitée, de sa littérature. Passée. Et je ne connais personne ici. Je viens en simple vacancier, j'aurais pu aller n'importe où ailleurs.

Peu impressionnée par cette réponse, elle poursuivit :

– D'ailleurs, moi, avec le Kloub, j'ai une relation particulière. C'est un endroit plus singulier que les gens ne le pensent, vous savez.

Cette remarque contredisait la précédente.

– J'ai commencé à m'en apercevoir, en effet.

Elle ne rebondit pas et resta silencieuse un moment. Elle semblait faire défiler ses pensées dans son esprit jusqu'à trouver la bonne :

– Vous savez, je suis tombée il y a quelques mois sur votre thèse, à la bibliothèque. C'était un canular, en fait ?

Antoine mit quelques secondes à encaisser le choc. C'était de son *magnum opus* qu'elle parlait ainsi : *La Magie dans* Les Mille et Une Nuits *: explication de quelques trucs.*

– Vous voulez parler du titre ? Pas dénué d'une forme de malice, je le confesse. Mais ce n'était pas une thèse pour rire, vous savez. Un canular de mille pages, qui demande cinq ans de travail, je n'ai pas cette persévérance dans l'humour... Du reste, si vous êtes allée au-delà de la couverture, vous avez dû vous en apercevoir.

– Mais la magie... C'est pas un peu facile, quand même ?

Une goutte de crème solaire s'était nichée au creux de son nombril, qui résistait à la chaleur, comme une minuscule perle blanche. De son côté, il transpirait beaucoup, bien que protégé par le parasol.

– Essayez un peu de faire sortir un génie d'une vieille lampe, vous verrez que ce n'est pas si simple, répondit-il.

Elle rit à nouveau, mais plus par politesse, cette fois.

– Non, mais vous voyez ce que je veux dire, Antoine... Je peux vous appeler Antoine ?

Lui n'avait toujours aucune idée de son nom. Il n'était évidemment plus temps de le lui demander.

– Je parlais sur le plan littéraire, développa-t-elle. La magie, c'est quand même un aveu d'impuissance de l'auteur. Un moyen de s'en sortir quand on ne sait pas comment faire, comment se dépatouiller du réel. C'est le *deus ex machina* qui vient tout arranger. Vous savez ce que je pense ? Le progrès, pour l'humanité, c'est de s'affranchir petit à petit du surnaturel, de la croyance dans l'au-delà, dans les puissances occultes qui agissent à notre place, pour prendre soi-même sa vie en main. Eh bien, en littérature, c'est la même chose, on doit parvenir à se débarrasser de toutes les béquilles magiques, de tous les artifices, pour aboutir à une histoire qui tient toute seule : où les faits et les sentiments s'imbriquent et s'enchaînent d'eux-mêmes, sans l'aide de personne.

Elle était donc venue pour cela. Elle avait fait le tour de la piscine avec sa petite théorie en bandoulière, sa vulgate positiviste, pour la lui livrer, comme un paquet qui attendait son destinataire depuis des mois, des années... À peine quelques mots de préambule, pour être polie, et ensuite, hop, elle déballait tout... C'était insupportable. Mais Antoine, comme il le faisait souvent, choisit de réprimer ce premier sentiment d'irritation. Passé un certain âge, on ne tient plus tant que cela à dire les choses : on y croit moins – et moins encore à la possibilité d'en convaincre les autres.

– Je suis d'un avis un peu différent, vous vous en doutez...

– Vous trouvez que ce que je dis, c'est de la vulgate positiviste ?

Il était très étrange qu'elle reprît cette expression, sans doute pas tout à fait appropriée d'ailleurs, qu'il n'avait prononcée que pour lui-même, dans sa tête.

– À vrai dire, je vois les choses tout à l'envers. Pour moi, il faut précisément lutter contre cet enchaînement prétendument naturel des faits. La vraisemblance attendue par le lecteur n'est que le reflet de son conformisme, la projection de l'idée bourgeoise selon laquelle les choses devraient se comporter ainsi et pas autrement. Je vois la magie comme une façon de forcer la porte ou de semer le trouble, d'élargir le champ des possibles en tout cas, de bousculer les certitudes les mieux établies. Ce n'est pas une facilité, mais une prise de risque. Une invitation à sortir de soi.

Elle le regarda avec ces sortes de saphirs qu'elle avait à la place des yeux, qui n'exprimaient que leur propre éclat.

Puis elle répliqua, prenant l'exemple de tel conte de son enfance, qui lui paraissait un mensonge ridicule.

Il choisit la surenchère : il regrettait de lui avoir accordé que la magie fût un « procédé ». La magie existait, tout simplement, affirma-t-il effrontément. Elle faisait partie de la vie, comme tout un tas d'autres choses. Sans elle, sans l'intervention des djinns, en particulier, il n'y aurait pas d'amour : nous resterions enfermés en nous-mêmes, et serions condamnés à la solitude pour toujours. C'est ce que faisait voir superbement, par exemple, l'*Histoire des amours de Camaralzaman, prince de l'île des Enfants de Khaledan, et de Badoure, princesse de la Chine*, à la fin du volume III et au début du volume IV de la traduction d'Antoine Galland. Badoure et Camaralzam sont deux amants faits l'un pour l'autre. Mais ils ne se connaissent pas et habitent à des milliers de lieues de distance. Seule leur téléportation, orchestrée par deux génies puissants et visionnaires, permet qu'ils se rencontrent et passent la nuit ensemble, avant d'être immédiatement séparés à nouveau. Dans leur cœur a été semé le désir qu'ils ont désormais de se revoir, et ce désir sera à l'origine de toutes leurs aventures.

Elle n'était pas d'accord, naturellement. Elle avait une nouvelle objection, et un nouveau récit à l'appui. Et ainsi de suite. Ils se jetaient à la tête l'un de l'autre des contes, des références plus belles et érudites les unes que les autres, comme des mathématiciens s'opposent des équations.

Ils s'enfonçaient toujours plus profondément dans les *Nuits*, alors que le soleil cheminait dans le ciel bleu azur. Antoine ne parvint pas à la convaincre. Le soleil était tout rouge maintenant, il fallait rentrer. Il ne savait toujours pas son nom.

Se pouvait-il, se demanda-t-il une seconde fois, qu'elle fût Badroulboudour ?

Se pouvait-il aussi, par ailleurs, que ce jeu de piste auquel il était invité fût innocent, sans rapport avec la place nouvelle que l'orientaliste Antoine Galland occupait dans le débat public français, sans rapport non plus avec l'embarrassante découverte qu'il venait de faire à son propos ?

Il était temps d'aller chercher ses filles au Minikloub. Il longea les rangées de transats en direction de la sortie. Des journaux français avaient été oubliés sur les serviettes, ouverts à la page du programme du soir de la télévision. Une façon comme une autre de garder le contact, à trois mille kilomètres de distance, avec la terre natale, soupira Antoine. Il se pencha distraitement sur un des exemplaires. La lecture du gros titre le fit sursauter : « *Top écrivains* : qui est Hanna Dyâb, le candidat mystère de l'émission de ce soir ? » Une photographie du jeune homme aux belles moustaches illustrait le texte. Hanna Dyâb à la télévision... Que pouvait signifier ce canular ? Sans doute ne tarderait-il pas à le savoir. Mais une chose était déjà claire. La découverte d'Antoine était en passe de devenir publique. Il ne pouvait continuer à faire l'autruche davantage, il lui fallait prendre un parti. Nous-mêmes ne pouvons laisser plus longtemps le lecteur dans l'ignorance de ce qui s'était passé, quelques semaines auparavant : cela arrive plus vite que nous ne l'avions pensé.

12.

On raconte que lorsque la cinquième sourate, celle de « la Table servie », descendit, le Prophète montait une chamelle dont les pattes faillirent se briser sous le poids de la Révélation. Antoine ne fut pas tellement moins ébranlé par la terrible nouvelle qui s'abattit sur lui. C'était quelques semaines à peine avant son départ pour le Kloub.

Lassé par les incessantes sollicitations de la presse à propos d'Aladdin et de son inventeur, Antoine avait décidé de reprendre ses travaux de recherche. Il s'était échappé quelques jours à Rome, au Vatican plus exactement, pour consulter quelques documents à la bibliothèque apostolique.

Après plusieurs heures passées derrière son ordinateur, dans l'une des spacieuses salles de lecture, il lui prenait toujours la même envie d'échapper à la lumière, de s'enfoncer dans les profondeurs de la bibliothèque, pour en parcourir les coursives tapissées d'ouvrages, étroites et sombres comme des canyons. Il marchait longtemps dans leurs dédales, photographiant du regard chaque rangée de livres, comme si cette opération pouvait le rendre maître de leur entier contenu, et tout ce savoir accumulé se déposer ainsi directement, sans effort supplémentaire, au fond de son esprit.

Deux jours après son arrivée, de retour de l'une de ces excursions, il se dirigeait vers les machines à café. Lorsqu'il aperçut Gianna Morandi arrivant d'un autre couloir avec le même objectif, il était trop tard pour rebrousser chemin.

Il croisait régulièrement Gianna dans des colloques. Elle était toujours là où il ne voulait pas, pour le prendre en flagrant délit d'inconséquence intellectuelle. Elle semblait le poursuivre comme une mauvaise conscience avec ses idées radicales, auxquelles il n'adhérait pas, mais dont il craignait qu'elles ne fussent vraies, et qu'il n'eût simplement pas la force de les supporter. Elle s'était érigée en adversaire incorruptible de « l'orientalisme », concept-repoussoir qu'avec d'autres éminents universitaires, elle avait contribué à forger. L'orientalisme, dans son esprit, était la façon dont l'Occident avait substitué à l'Orient véritable, à la réalité de ses peuples de chair et d'os, avec leurs joies et leurs peines, une image fantasmée, simpliste, pour mieux le dominer et l'asservir. Au monde arabo-musulman réduit à une série de clichés (despotes sanguinaires, danseuses du ventre, religieux fanatiques...) avait été déniée toute personnalité propre, toute possibilité de se dire lui-même. Le livre qu'elle venait de consacrer à la relation de Flaubert et de la célèbre danseuse et courtisane Kuchuk Hanem, que l'écrivain avait rencontrée lors de son séjour en Égypte en 1849, à Ouadi-Halfa, était l'illustration dévastatrice de cette thèse. La façon dont, sous la plume de Flaubert faisant le récit de sa nuit avec elle, la jeune femme avait été ravalée au rang de machine à plaisirs devenait la métaphore générale du comportement prédateur et aveugle des Occidentaux vis-à-vis de cette région du monde. Comportement, affirmait Gianna, qui avait atteint son paroxysme dans le soutien apporté par nos dirigeants aux dictatures arabes, au nom d'une prétendue stabilité de la zone. Dans une telle perspective, le terrorisme islamiste n'était que la réaction, sans doute excessive, et même très condamnable, elle le concédait bien volontiers, mais néanmoins inévitable, de peuples privés de toute liberté, de toute possibilité d'expression – les autocrates leur servant de dirigeants n'étant que des mercenaires à la solde des Européens et des Américains, les satrapes de l'impérialisme occidental. « L'histoire du monde est comme un vaste livre de mensonges qui est entièrement à réécrire. Je ne connais pas de tâche plus urgente pour notre temps », aimait répéter Gianna, en conclusion de chacune de ses interventions publiques.

Antoine imaginait sans peine ce que Gianna pouvait penser de ses récents exploits au service de la nouvelle historiographie officielle voulue par le Président Commode. Il l'entendait déjà fulminer en français, avec son accent italien à couper au couteau.

– Antoine, quel plaisir !

– Gianna ! Comment vas-tu ?

– Comment s'est passée ta promenade dans les profondeurs de la bibliothèque ?

Antoine éprouvait régulièrement ce sentiment que les autres étaient anormalement bien renseignés à son sujet. Il en trouvait aujourd'hui une nouvelle confirmation. Comment, en effet, pouvait-elle savoir cela ? Des esprits plus pratiques que le sien en auraient inféré la possibilité d'un complot contre leur personne. Chez lui, ce constat éveillait un soupçon d'une nature plus métaphysique : était-il bien réveillé ? Le monde extérieur était-il bien réel ? Gianna n'était-elle pas le fruit de son imagination, un être indistinct de lui-même par conséquent, ce qui expliquait qu'elle sût tant de choses à son propos ?

– Je ne comprends pas, de quoi parles-tu ?

– Oh, tu sais, à force de se croiser dans les bibliothèques du monde entier, tes petites manies, ce rituel en particulier, finissent par se connaître.

– Pour ma part, je ne sais rien de tes habitudes.

– Peut-être es-tu moins observateur ? Ou moins soucieux de mes faits et gestes que moi des tiens ? Sans doute aussi que je sais préserver un peu plus mes mystères ?...

Ce préambule n'annonçait rien de bon. Elle prenait son élan, pour faire plus mal.

– Tu dois être satisfait que tes recherches finissent par toucher le grand public. Le *très* grand public...

– J'étais le dernier à m'y attendre, tu l'imagines.

– Oui... Tu n'es certainement pas pour grand-chose dans cette mascarade. Même si tu t'y es prêté de bon cœur...

Dans sa bouche italienne, le mot « mascarade » prenait des proportions terrifiantes, fatales. Elle reprit :

– Je t'ai toujours estimé comme chercheur, tu sais. Contrairement à ce que tu penses. Mais parfois, comment dire ?... Il me semble que tu ne cherches pas au bon endroit.

– Ce qui est quand même ennuyeux pour un chercheur. Cela relativise un peu l'estime dans laquelle tu dis tenir mes travaux.

Elle ne releva pas et poursuivit :

– Tu explores les bibliothèques, c'est vrai, mais pour quoi faire ? Ces grands rayonnages, on dirait plutôt que tu voudrais t'y perdre. T'y ensevelir même. Pour échapper au réel. Pour fuir le temps présent. Et au bout du compte, la vérité.

– Rien que ça, répondit Antoine ironiquement. Tu as cependant toi-même, tout à l'heure, noté que la réalité m'avait rattrapé.

– Ah, ah ! Laisse-moi rire. C'est la propagande du Président Commode que tu appelles la réalité !

Antoine ne se sentait pas encore l'âme d'un vrai militant du régime commodien. Il ne répondit rien.

– Et cependant, reprit-elle, en un sens tu ne crois pas si bien dire. La réalité est en route, en effet, et elle va fondre sur toi et tes petites théories comme un faucon magnifique.

Le caractère un peu outré de cette image, « faucon magnifique », redonna confiance à Antoine :

– J'attends son envol avec impatience.

– Oh, ce n'est pas moi le faucon. Je ne suis que sa messagère, avec mes pattes de colombe... Je suis seulement venue te dire que dans cette bibliothèque, il y a un manuscrit que tu n'as pas lu.

– Il y en a un peu plus qu'un, j'en ai peur.

– Je veux parler d'un manuscrit que tu *aurais dû* lire. Qu'il est inconcevable que tu n'aies pas déjà lu. Et à vrai dire, la seule explication possible, est que tu n'as pas *voulu* le lire.

C'était toujours la même chose, avec Gianna : tout était « politique », commandé par des intérêts cachés, rien ne pouvait arriver par hasard. Cette façon de saturer le réel de significations était épuisante.

– Je ne vois pas de quoi tu veux parler.

– Le fonds Sbath, ça te dit quelque chose ?

– Je te remercie, oui. Je sais bien que je suis un peu à côté de la plaque, mais le fonds Sbath c'est un peu la base dans mon domaine...

Né à la fin du XIXe siècle, le père Sbath, un prêtre catholique syrien, avait passé sa vie à collecter des manuscrits proche-orientaux de toutes époques et de toutes natures. En 1926, il avait légué une grande partie de sa collection à la Bibliothèque vaticane, où elle formait le *fondo Sbath*. Antoine reprit :

– J'imagine que tu as quelque chose de plus précis en tête.

Elle sortit de sa poche un morceau de papier qu'elle lui tendit. Y était griffonné un numéro de cote : Sbath 254.

Leur rencontre n'avait rien de fortuit. Elle avait tout préparé.

– Et qu'y a-t-il, dans ce manuscrit ?

– C'est un récit de voyage... Écrit par un Syrien, dans les années 1760. Dyâb, il s'appelait. Hanna Dyâb. Un petit commerçant d'Alep. Il raconte comment, plus de cinquante ans auparavant, vers 1708-1709, il s'est rendu en France. Et figure-toi qu'il y a rencontré ton « ancêtre »...

En prononçant le mot « ancêtre », elle avait marqué les guillemets avec ses doigts, à l'américaine.

- Et alors ?

- Et alors, ce qui s'est passé entre eux, entre Dyâb et Galland, au printemps 1709, est assez embarrassant. Si ça se savait, j'ai idée que ça casserait un peu l'ambiance du moment, de votre côté des Alpes...

Quand elle assenait ses vérités, elle avait cette curieuse façon de se passer la langue sur ses lèvres pleines de rouge, ce qui les rendait plus luisantes, mais compromettait l'homogénéité de la répartition du colorant sur la surface de sa peau.

- Très bien, admettons. Mais pourquoi me filer le tuyau ? Pourquoi ne pas te charger toi-même de révéler ce secret, qui a l'air de te réjouir, alors qu'il y a peu de chance qu'il me fasse le même effet ?

- Mais moi, je ne cherche aucun succès de tribune... Et cette affaire est la tienne. Il est de ta responsabilité de faire toute la lumière sur ton sujet favori, de rétablir les faits. Il en va non seulement de ton honneur, mais d'un certain avenir du monde. Ta responsabilité est politique, au sens le plus éminent. »

Elle avait fini son café. Jetant le gobelet en plastique dans la poubelle, elle le quitta sans dire un mot, à la façon d'un spectre qui s'évanouit dans l'air.

Antoine ne perdit pas une seconde. Il s'assit au premier poste informatique libre et passa commande du manuscrit. Une heure plus tard, il l'avait entre les mains. Trois cent quarante-sept pages de vingt et une lignes serrées chacune, écrites dans un curieux arabe intermédiaire, à mi-chemin entre l'arabe classique – le *fushâ* – et la langue orale parlée à l'époque à Alep. Sur la dernière page du manuscrit, on pouvait lire : « Livre de l'humble 'Abd al-Qârî Antoûn Yoûsef Hanna Dyâb, et ceci en l'année chrétienne 1766 ». Et sur la page de garde, griffonné en français, comme à l'attention d'Antoine :

D'Alep à Paris. Les pérégrinations d'un jeune Syrien au temps de Louis XIV

Antoine commença sa lecture. Le récit était à la première personne. Hanna Dyâb, fils de commerçant chrétien d'Alep, y racontait comment il avait quitté le monastère où il était novice pour suivre un voyageur français, Paul Lucas, qui repartait en Europe. La verdeur du style, la drôlerie des anecdotes, l'extraordinaire des situations, charmèrent immédiatement Antoine. Hanna inventait sa vie à mesure qu'il la racontait, bousculant en permanence la réalité objective par l'intervention du merveilleux. « En voilà un qui a, au plus haut point, le sens du *'ajîb* et du *gharîb* – du rare et de l'étrange, se dit Antoine. Le rare et l'étrange, qui sont les deux mamelles des *Mille et Une Nuits*... »

Les choses ne se corsaient qu'à la fin de l'ouvrage, lorsque Hanna, à Paris depuis quelques mois, signalait l'existence d'un « vieil homme » qui souvent leur rendait visite, à lui et son maître. Il n'était jamais nommé, mais Hanna mentionnait que l'individu en question, qui lisait bien l'arabe, était en train de traduire *Les Mille et Une Nuits*. Ce ne pouvait être qu'Antoine Galland.

Gianna avait beau avoir quitté les lieux un moment auparavant, Antoine eut soudain le sentiment qu'elle était derrière lui, à lire par-dessus son épaule. Il sentait son esprit à proximité du sien, plein de certitudes. Il n'était pas de taille à lutter contre ses envoûtements. Bientôt, il pensait comme elle et voyait, à travers ses yeux à elle, défiler l'histoire d'Antoine Galland. Une histoire entièrement nouvelle, complètement différente de celle à laquelle il avait cru jusqu'à présent. Le découvreur des *Mille et Une Nuits* en ressortait défiguré.

13.

À son corps défendant, sous l'influence presque surnaturelle de Gianna, un nouveau récit s'était formé dans le cerveau d'Antoine à la lecture de livre de Hanna. L'impression qu'il en conçut était si forte qu'il résolut de l'écrire, pour s'en débarrasser, dans un petit cahier rouge qu'il garderait toujours sur lui désormais. Nous en reproduisons ici le texte, qui s'intitule *Notes en vue d'une autre histoire d'Antoine Galland*.

« D'abord, nous sommes en 1701. Galland vit à Caen, où il a trouvé un emploi chez Nicolas Joseph Foucault, intendant de Basse-Normandie, pour s'occuper de ses collections : une bibliothèque et un cabinet de curiosités et de médailles, les plus riches en France après ceux du Roi. Il est très occupé à publier, dans les *Mémoires de Trévoux* et le *Journal des Savants*, des dissertations numismatiques. Il travaille à une sorte de catalogue raisonné des monnaies de l'intendant, ainsi qu'à un *Dictionnaire historique et numismatique* composé à l'intention de l'Académie. Rien ne semble pouvoir troubler la tranquille routine du savant.

Mais voici qu'Antoine Galland entend parler, par un ami syrien qui vit à Paris, d'un manuscrit conservé à Alep, dans un lieu de sa connaissance. Il est intitulé *Les Mille et Une Nuits*. Il s'agit, paraît-il, d'un recueil de contes dont on s'entretient en ce pays-là, dans les veillées. Galland, toujours à l'affût de curiosités venues du Levant, demande à cet ami de lui faire parvenir l'ouvrage et de le lui garder jusqu'à son arrivée à Paris. Vers le 10 octobre de cette année 1701, le colis arrive. Galland en prend possession pour le prix de dix écus – frais de port inclus, précise-t-il à un ami qu'il informe de son acquisition.

Dix écus. A-t-on jamais vu modeste pécule mieux employé ?

Ce manuscrit, Galland le destine d'abord, lui qui vit seul, sans femme, sans enfants, et ne peut guère compter sur les invitations à souper pour occuper ses soirées, à son unique usage personnel. Du moins, c'est ce qu'il dit. "Ce sera de quoi me divertir pendant les longues soirées", affirme-t-il à l'un de ses correspondants, Mgr Huet, un ancien évêque d'Avranches membre de l'Académie française, qui vit retiré dans une abbaye près de Caen. Mais il n'est pas impossible que dès ce moment, il pressente quelque chose de plus important, et qu'une ambition plus haute, obscurément, se mette à sourdre en lui.

Le paquet est devant lui maintenant, sorti de la caisse de bois dans laquelle, à fond de cale, puis sur le toit d'une diligence, il a parcouru les huit cents lieues qui le séparent désormais d'Alep. Ce sont trois liasses épaisses de papier jaune, entièrement noirci d'un entrelacs serré de caractères arabes. Le métal littéraire que renferme cette mine de papier est plus précieux que l'or. Encore faut-il savoir l'en extraire.

À quel moment Antoine Galland, qui a lu tant de livres déjà, tant de livres écrits en arabe, en particulier, prend-il conscience que celui-ci n'est pas comme les autres ? Qu'il est, ainsi qu'il le revendiquera dans sa préface, le plus beau qu'on a jamais vu jusqu'à présent, dans aucune langue ?

Serait-ce dès les premières pages, lorsque, croyant le roi Shahryâr parti à la chasse, son épouse s'avance dans le jardin, accompagnée de vingt servantes, dix blanches et dix noires, et que toutes – reine comprise – se mettent complètement nues ? Et que dans ce simple appareil, il devient clair que si les dix servantes blanches sont effectivement ce qu'elles semblaient, les dix noires sont en réalité des hommes ? Et qu'alors la reine crie le nom de « Massoud ! » auquel répond un esclave dissimulé en haut d'un arbre, qui saute à cet instant, étend sur l'herbe la sultane et se glisse entre ses cuisses, signal qu'attendaient les autres noirs pour posséder à leur tour les dix blanches servantes ? Ou serait-ce quelques pages plus loin, lorsque Shéhérazade, la fille du vizir, rejoint le roi dans sa couche et que, leur union consommée, à la faveur préméditée de l'intervention de sa sœur, cette première histoire ouvre sur une autre, sur une multiplicité d'autres, celles que raconte Shéhérazade pour divertir le roi et ainsi éloigner d'elle, et de toutes les femmes du genre humain, le terrible châtiment qui leur est promis ? À moins que cela ne soit plus tard encore, bien plus tard, sous l'effet produit par l'accumulation de tous ces récits, lorsque Galland réalise que ces histoires forment un monde, d'autant plus fascinant qu'il est divers, reliant entre eux, à travers le regard de multiples auteurs, une myriade de pays et d'époques sans que jamais le fil ne soit rompu, comme si l'humanité entière s'était tenu la main pour accoucher de cet ouvrage ?

Toujours est-il que ce moment arrive. Galland sait alors qu'il est en possession d'un trésor, connu de lui seul. Lui dont le travail n'a jamais intéressé personne, il a désormais au soir de sa vie de quoi éblouir le monde et faire se pâmer les femmes – l'élixir qui sauve la belle société de l'ennui qui la tenaille, comme le peuple la faim. Galland est maintenant semblable à ces pauvres diables dont il est question, précisément, dans certains des contes qu'il va s'employer à traduire : il se trouve soudainement, par un merveilleux coup du sort, à la tête d'une fortune colossale, qui place le monde à ses pieds, et le sultan lui-même à sa merci.

Il convient cependant de ne pas gaspiller, de ne pas dilapider. Galland ne dispose que d'une matière première, encore incomestible. Pour la changer en captivantes histoires, pour provoquer le grand frisson, l'immense vertige, il y a toute une alchimie à concevoir. L'alambic littéraire qui permet une telle distillation, Galland met trois années à l'élaborer.

En 1704 enfin, le premier volume des *Mille et Une Nuits, contes arabes* est sous presse. C'est un triomphe. Il y a toute l'étrangeté et la surprise voulues, sans les désagréments du voyage. Le dépaysement sans le mal du pays. À chaque page aussi, on est émoustillé, mais sans que la pudeur ne s'en trouve offensée. Ce qui se passe entre ces femmes blanches et ces hommes noirs, par exemple, c'est un détail qu'il n'est pas besoin de faire, indique Galland dans sa traduction : "Il suffit de dire que Schahzenan en vit assez pour juger que son frère n'était pas moins à plaindre que lui." On parcourt le vaste Orient en restant confortablement assis sur son fauteuil en marqueterie. Un miracle à l'état pur.

Le premier échantillon testé et approuvé, les nouveaux tomes s'enchaînent à un rythme effréné. En 1705, voici déjà les cinquième et sixième qui paraissent. Car le public ne sait plus attendre. On est prêt à tout pour avoir la suite avant les autres. Certains impatients, dit-on, se postent sous les fenêtres de Galland pour réclamer, incontinent, les prochaines histoires. L'encre de sa plume est à peine sèche qu'il est convoqué dans les hôtels du faubourg Saint-Germain, chez les Bignon et Pontchartrain, les Caumartin et les d'Aulède, ou à Versailles, dans le salon de la marquise d'O, pour faire la lecture de ce récit venu du fond des âges et qui passe pourtant pour la dernière et la plus excitante des nouveautés.

Auprès de l'un des barbons dont se composait jusqu'alors sa société, le néerlandais Gisbert Cuper, un personnage considérable, mais certainement très ennuyeux – cet ancien bourgmestre de Deventer est un spécialiste des vieilles médailles –, Galland fait mine de se désoler d'un succès d'esbroufe, se plaignant que ce livre de "fariboles" lui fasse plus d'honneur auprès de ses contemporains que ne le ferait le plus bel ouvrage d'érudition numismatique. "Tel est le monde, philosophe-t-il pour enfoncer le clou : on a plus de penchant pour ce qui divertit que pour ce qui demande de l'application, si peu que ce puisse être." La vérité, la vérité de ce qu'il pense et de ce qu'il ressent, on peut le supposer, est toute différente. D'abord, Galland ne croit nullement que ces histoires soient des fariboles. Il les tient probablement, au contraire, pour les plus intéressantes qu'il ait jamais lues. Mais quand bien même cela serait, la gloire à laquelle il a goûté en les publiant ne lui a pas déplu. Elle lui a même causé un plaisir extrême. Un plaisir dont il lui est difficile, désormais, de se passer.

Sans doute ose-t-il à peine se l'avouer lui-même, mais exercer un tel empire sur le public, le tenir ainsi en haleine, voir ces yeux qui brillent quand il fait la lecture, ces lèvres qui se mordent de dépit ou de plaisir au gré des péripéties, procure une jouissance sans égale – proche sans doute, son expérience en la matière n'est pas grande, de celle que l'on éprouve lors du commerce charnel, et qui peut d'ailleurs en être le prélude. À ses collègues savants, à une part de lui-même aussi, il voudrait donner le change, faire croire qu'il est toujours l'un des leurs, uniquement soucieux des progrès de la science et de la plus grande gloire de Dieu. Mais il a communié à une autre joie désormais, il a éprouvé d'autres frissons. La dépendance dans laquelle il a placé ses lecteurs est aussi la sienne.

Cette came littéraire, Galland, devenu le dealer de la Cour, en a autant besoin que son public, accro à ces histoires stupéfiantes. Il ne pense plus qu'à cela : assurer ses livraisons en temps et en heure, et garantir la pureté de la marchandise. Lorsque la veuve Barbin, son éditrice, se permet d'insérer à son insu, dans le tome VIII des *Nuits*, la matière frelatée de textes traduits du turc par Pétis de La Croix (un vulgaire imitateur qui a surfé sur le phénomène Galland en publiant lui-même un recueil de contes orientaux, grossièrement intitulé *Les Mille et Un Jours*), Galland est fou de rage. Il rompt avec fracas avec la « boutique Barbin ». On ne coupe pas impunément de la bonne blanche d'Alep avec de la daube stambouliote.

Mais ce n'est pas tout. Les ennuis – les emmerdes, serait-on tenté de dire, Galland n'est plus un tendre, on l'aura compris, tout cela commence à lui monter à la tête – n'arrivent jamais seuls.

Car le voici soudain à sec.

Les liasses reçues de Syrie étaient si épaisses qu'il n'aurait jamais cru cela possible. Il les pensait aussi profondes et inépuisables que la mémoire de Shéhérazade elle-même. Quelque part dans sa traduction, il lui avait fait se récrier, lorsque son époux Shahryâr lui avait demandé une nuit si elle était à la fin de ses contes : "À la fin de mes contes, sire ! J'en suis bien éloignée : le nombre en est si grand qu'il ne me serait pas possible à moi-même d'en dire le compte précisément à Votre Majesté." Et pourtant, pas de doute. Il n'a plus rien en magasin. Pas le moindre bout d'intrigue. Pas le commencement d'une anecdote.

Les belles dames réclament leur dose, un nouveau shoot d'histoires. "Cher monsieur Galland, que vous êtes cruel ! Ne nous faites pas languir davantage. Dites-nous, nous vous en conjurons, quand nous aurons la suite." Les messieurs sont moins démonstratifs, mais ils pensent la même chose. Galland s'achète un peu de temps par de petits sourires mystérieux, des révérences énigmatiques – qui laissent espérer le meilleur, alors que le pire est certain. Il a brûlé ses derniers vaisseaux pour le neuvième tome. Et de son fournisseur à Alep, il a tiré déjà tout ce qu'il pouvait. Il est, à nouveau, comme ces héros dont il a raconté l'histoire, et qui sont soudain privés du talisman dont ils tiraient secrètement leur pouvoir, parce qu'un indélicat le leur a dérobé, ou tout simplement parce que le charme est rompu, la potion épuisée. Voici Galland réduit à lui-même, à ce qu'il est sans le secours de l'antique grimoire : un vieil érudit pas très drôle, et dépourvu de la moindre imagination.

Il voit la fin de son étoile approcher à grands pas. Ce sera le retour dans l'anonymat. Il y sera renvoyé sans ménagement par ceux qui l'ont porté aux nues. Car il n'y a pas plus méchant, pas plus ingrat, qu'un lecteur en manque. Bientôt, il lui faudra revenir à ses spécialités d'origine, la collecte et le recensement des vieilles pièces de monnaie, les disputes savantes sur leur origine et leur valeur…

Mais le bon génie qui veille sur Galland depuis 1701 a décidé d'intervenir une seconde fois. Le dimanche 17 mars 1709, Antoine Galland rend visite à Paul Lucas. Lucas est une sorte d'aventurier qui revient d'un long séjour au Levant où il a été chargé de faire l'acquisition, pour le compte du Roi, de diverses antiquités. Galland n'a guère d'estime intellectuelle pour lui, mais il faut reconnaître que le bonhomme a du flair. Il a toujours le chic pour dénicher les objets les plus intéressants et les plus rares, à l'instinct, mieux que ne le feraient beaucoup de savants véritables. Ce jour-là, Paul Lucas n'est pas seul. Il reçoit Galland en compagnie d'une sorte de valet, un jeune homme à la peau brune et au beau visage ovale. Le compagnon de Lucas est habillé à la française. Sa tunique, son poignard à la ceinture, son colback, il les réserve à ses visites à Versailles, lorsqu'il s'agit d'amuser la Cour. Mais à son teint, et surtout à sa moustache, Galland n'a pas de mal à reconnaître un Oriental. Il s'appelle Hanna, Hanna Dyâb, et il est chrétien maronite. Il vient d'Alep, justement, comme les manuscrits des *Nuits*. Hanna parle assez bien français et Galland pour sa part est heureux de pouvoir exercer son arabe – en France, en 1709, on n'en a pas beaucoup l'occasion, et quant au Levant, il n'y a pas mis les pieds depuis dix-huit ans.

"C'est toi qui traduis les histoires ? lui lance soudain Hanna. Monsieur Lucas m'a dit que c'était toi. Et que tes livres t'apportaient un grand succès." Galland émet un sourire modeste, mais la mention de cette réussite qui bientôt appartiendra au passé produit comme une morsure à l'intérieur de lui. Hanna, qui ne se doute de rien, éclate de rire. "Moi, tu sais, je n'ai pas besoin de tes livres !" Il montre sa tête, et met la main sur son cœur. "Ces histoires que tu racontes, je les connais toutes... Et quantité d'autres aussi. Plutôt meilleures, il me semble !" Galland n'est pas sûr de bien comprendre. Se pourrait-il ?... Hanna poursuit ses rodomontades : "Connais-tu l'histoire du cheval enchanté ? Celle du prince Ahmed et de la fée Pari-Banou ? Et les deux sœurs jalouses de leur cadette, je suis sûr que tu n'en as jamais entendu parler, n'est-ce pas ?" Non, Galland ne les connaît pas, en effet. Elles ne se trouvent dans aucun manuscrit qui soit parvenu jusqu'à lui.

Cela devient très intéressant.

Il faudrait en avoir le cœur net. Mais mieux vaut ne pas trop mêler Paul Lucas à l'affaire. Cela tombe bien, le voici justement qui s'absente quelques minutes, pour s'entretenir avec un négociant de passage. C'est le moment de cuisiner le jeune Syrien. "Ces histoires, tu pourrais m'en raconter quelques-unes ?" interroge Galland, d'un air faussement détaché, comme au souk on demande négligemment au marchand de goûter un échantillon de la marchandise en faisant mine de penser à autre chose. Hanna ne se fait pas prier. Il commence. Galland l'écoute une minute ou deux, puis le prie de passer à un autre conte. Chaque fois, le même charme opère. Ce Hanna est sacrément doué. Un prodige, en fait. Il lui suffit de quelques phrases pour planter le décor et entraîner l'auditeur plus loin qu'il n'aurait jamais pensé aller. Et cela n'en finit jamais. On le secoue et il en tombe toujours de nouvelles histoires, comme les pommes mûres d'un arbre.

C'est toute la suite, interminable, des *Mille et Une Nuits*, qui a trouvé refuge dans l'esprit malicieux de ce jeune homme intarissable.

S'il s'y prend bien, Antoine Galland est sauvé.

"Il faudra que je revienne te voir, lui dit Galland l'air de rien. Ou alors viens chez moi, plutôt."

Le 25 mars, ils se revoient, sans Paul Lucas cette fois. Galland ne s'embarrasse pas de préliminaires.

“Raconte”, ordonne-t-il doucement. Il est déjà assis à sa table, la plume à la main, avec une bonne réserve de papier posée à sa droite. Il note tout, fébrilement. Il ne perd pas une goutte de ce qui s’écoule de cette nouvelle corne d’abondance. Hanna est ravi. On ne s’est jamais autant intéressé à lui depuis qu’il est arrivé en Europe.

Les séances de dictée se succèdent, au rythme d’au moins une par semaine.

L’idéal, bien sûr, serait de s’emparer définitivement de cette poule aux œufs d’or. D’avoir Hanna à demeure. S’il osait, s’il pouvait, Galland trouverait un moyen de faire du jeune Syrien son prisonnier. Il le séquestrerait dans la chambre attenante à celle qu’il occupe au Quartier latin. Ou alors au sous-sol, dans la cave de l’immeuble, où il aménagerait une sorte de cellule... Chaque matin, ou plutôt chaque soir, Galland sortirait de son pourpoint la lourde clé qui jamais ne le quitterait, pour ouvrir le volet du parloir encastré dans la porte. En échange d’un bon repas – sur ce point il conviendrait de ne pas mégoter, Hanna aurait droit aux mets les plus délicats, les plus exquis, pourvu qu’ils soient propres à stimuler sa mémoire et son imagination –, Galland lèverait son tribut du jour : un nouveau récit tout fumant sorti du prolixe cerveau du Levantin, qu’il s’empresserait de mettre en forme pour compléter son recueil. Il ferait cela comme on trait une vache. Ou, comme dans le conte de son prédécesseur Perrault, on récolte, sur la litière, les pièces d’or tombées du cul de l’âne. Ainsi il ne serait jamais dépourvu d’histoires. Ce serait l’idéal, bien sûr, mais ce serait un peu risqué. Hanna pourrait protester, il pourrait crier. Cela finirait par se savoir. Galland se contente donc de recevoir chez lui le jeune Syrien une fois par semaine et ma foi, c'est déjà assez productif.

Bientôt, nous sommes le 5 mai. Le 5 mai 1709. Hanna arrive un peu essoufflé, agité. Manifestement, sur la route qui le mène au domicile de Galland, le chemin n'est pourtant pas très long, il a beaucoup gambergé. "J'ai une nouvelle histoire pour toi ! Mais cette fois, c'est trop gros, il faut que j'écrive." Hanna est pressé, car il sait que toutes les images qu'il s'est passées dans sa tête le long du trajet, et qui s'agençaient si bien, sont peut-être fugaces. Galland veille à ne pas le déconcentrer et lui laisse tout le temps dont il a besoin. Hanna prend la plume que Galland lui tend et s'assied. Il commence à écrire. Un long moment passe. Plusieurs heures peut-être. De temps en temps, Galland lui apporte un rafraîchissement, quelques biscuits. Enfin, Hanna tend à Galland la dizaine de feuillets qu'il a remplis, en arabe, de son écriture de marchand habitué à tenir les comptes. "Voilà, j'ai fini."

Galland regarde la première page. Hanna a pris soin d'ajouter un titre :

Histoire d'Aladdin
ou
La Lampe merveilleuse

Galland commence à lire, et les larmes lui tombent des yeux, elles coulent sur son visage ridé.

C'est par ce conte, long comme un petit roman, que Galland ouvrira le dixième tome de ses *Nuits*, lequel sera entièrement composé des histoires racontées par Hanna, tout comme le onzième et dernier de l'immense série. Parmi elles, également, une certaine *Histoire d'Ali Baba et de quarante voleurs exterminés par une esclave*, autre pépite droit sortie du cerveau de Hanna Dyâb quelques jours plus tard, le 27 mai 1709.

Il n'est pas besoin d'insister sur le rôle qu'*Aladdin*, à partir de ce moment, a joué dans la postérité des *Nuits*. À l'exception du "conte-cadre" qui ouvre le récit (l'histoire de Shéhérazade elle-même) aucune histoire n'est aussi célèbre que celle-ci. Aucune n'a autant parlé aux cœurs des hommes de tous les continents. Et *Ali Baba* n'est pas très loin derrière.

Or nulle part, dans nulle préface, nul avertissement de l'auteur ou de l'éditeur, nulle note de bas de page, il ne sera fait mention du nom de leur auteur caché, Hanna Dyâb.

Ce n'était pas lui qui aurait pu s'en plaindre car, peu après avoir livré à Galland ses derniers contes, il est reparti en Syrie. Peu de chance qu'il ait pu apprendre, de là-bas, l'exploitation qui avait été faite de son œuvre et encore moins qu'il ait pu l'empêcher.

Voici un dernier mystère, sur lequel le manuscrit de Dyâb apporte une autre révélation. En vérité, ce n'est pas de son plein gré que le jeune Syrien a quitté l'Europe précipitamment. N'avait-il pas d'ailleurs envisagé, quelque temps auparavant, de s'installer définitivement à Paris, d'y ouvrir un café et d'y prendre femme ? Il avait trouvé l'hiver parisien bien rude, certes, mais il ne serait jamais parti comme ça. Non, s'il a quitté la France, c'est que quelqu'un l'y a poussé. Qui cela ? Antoine Galland, probablement.

Dyâb raconte en effet que ce dernier est passé le voir pour lui parler d'un "prince" qui cherchait quelqu'un pour entreprendre un voyage d'exploration. Galland l'assure que lui, Hanna, serait parfaitement qualifié pour un tel emploi, emploi dont il lui vante le prestige. En accompagnant un tel seigneur en effet, il serait promu au niveau de son actuel maître Paul Lucas. Dyâb hésite beaucoup, cependant, car c'est lâcher la proie pour l'ombre. Il sait qu'en acceptant cette offre, il perdra sa position auprès de Paul Lucas. Mais il finit par se laisser convaincre de se rendre à Marseille où une sorte de sauf-conduit (un "firman royal", ainsi que l'appelle Dyâb), doit lui parvenir pour lui permettre d'embarquer. Dyâb attend à Marseille plusieurs semaines ce document, qui ne viendra jamais. Il apprend enfin, par hasard, que Paul Lucas a eu vent de l'affaire et, furieux de la défection de son assistant, s'est arrangé pour le discréditer auprès des autorités, afin qu'il n'obtienne jamais l'accréditation promise. Dyâb, abandonné de tous, privé de moyens de subsistance, se voit réduit à embarquer pour Alep, où il passera le reste de sa vie.

Ainsi, après avoir pressé Hanna comme un citron, après l'avoir dégorgé de quantité d'histoires merveilleuses, Galland dut estimer qu'il valait mieux en rester là et ne pas risquer, par excès de convoitise, de tout perdre en permettant que la supercherie ne soit découverte. Galland était d'autant plus intéressé à ce départ que Dyâb avait été remarqué en haut lieu et aurait pu se voir confier une charge de bibliothécaire que Galland sollicitait pour lui. Pour Galland, ç'aurait été en quelque sorte la double peine : il se serait vu privé du poste et Dyâb se serait installé durablement en France, où il n'aurait pas été long à révéler son rôle dans l'écriture des nouveaux contes publiés par Galland.

On imagine le soulagement de Galland quand il apprend, par un correspondant à Marseille, que le Syrien a quitté la France, qu'il ne remettra probablement plus jamais les pieds en Europe. C'est le soir, Galland est dans sa petite chambre du Quartier latin (le « pays latin », comme on l'appelle encore à l'époque). Il a fini de souper. Sur sa table de travail s'éparpillent, au milieu des livres érudits, les feuillets que Dyâb a recouverts de son écriture appliquée : le manuscrit d'*Aladdin*. Après les avoir parcourus une dernière fois, il les rassemble entre ses deux mains veineuses, jusqu'à en faire une boule compacte, qu'il lance dans l'âtre. Il regarde longtemps se consumer l'œuvre du maronite et disparaître ainsi toute trace de son propre forfait.

Trois cent douze ans plus tard, cependant, l'heure de la vengeance de Hanna Dyâb a peut-être sonné. »

14.

Antoine avait beau être averti des pouvoirs de la magie, laquelle, par définition, peut être bonne ou mauvaise, il n'avait encore jamais été confronté à un tel niveau de maléfice. Ce n'était pas simplement un grand malheur qui s'abattait sur lui - comme celui qui avait frappé tant de héros des *Nuits*, entraînés dans les pires catastrophes après le geste le plus innocent. Par exemple, ce marchand condamné à mort pour avoir jeté un noyau de datte au mauvais endroit ; ou encore ce pêcheur, lui aussi promis à la peine capitale pour avoir délivré un génie du vase de cuivre où ce dernier était prisonnier. L'affaire était plus grave. C'était le monde, son monde, celui dont Antoine Galland constituait le point focal, la figure tutélaire, qui changeait de visage, radicalement. Antoine assistait à la subversion totale de ce à quoi il avait cru.

Si l'on ajoutait foi au récit de Hanna Dyâb, en effet - et quelle raison y aurait-il de ne pas croire un simple commerçant d'Alep, qui n'avait aucun intérêt à mentir, qui n'avait écrit que pour lui-même, sans intention aucune de publication, plus de soixante ans après les faits ? –, Galland paraissait le contraire de ce qu'Antoine avait imaginé : un intrigant avide de gloriole, déguisé en serviteur désintéressé de la science ; un faux modeste, une sainte nitouche prête à tout pour prolonger un petit succès de cour – notamment à faire les poches d'un Arabe, avant de le renvoyer fissa dans son pays. Un vrai salaud, en résumé.

Or, cette imposture personnelle, privée, conduisait tout droit à la grande, à l'imposture politique, celle qui avait consisté à faire précisément d'Antoine Galland le nouvel écrivain national. C'était tout un pays maintenant qui était complice de la forfaiture commise par Galland et qui, par là, révélait sa véritable nature. Voilà où Gianna voulait en venir.

La France, bien sûr, pourrait toujours objecter qu'elle ne savait pas, qu'elle avait agi de bonne foi. Il n'empêchait que le mal était fait. En outre, on pouvait aisément soupçonner la France, tout en ne sachant rien, d'avoir su quand même. Avant d'envoyer quelqu'un au Panthéon, on vérifie un minimum à qui l'on a affaire... Cela n'avait pas été fait. Le pouvoir ne s'était embarrassé d'aucune précaution. Il avait pris pour argent comptant la première histoire venue qui l'arrangeait. Peut-être en avait-il pressenti la fausseté et y avait-il vu un argument de plus pour l'adopter, car c'est en faisant passer le faux pour vrai, en tordant la réalité pour la conformer à un ordre préétabli, que l'on assoit sa domination, que l'on étend son empire. Si tout avait été préservé dans sa différence originelle, sa vérité singulière, il n'y aurait jamais eu de royaumes ni d'États, seulement des regroupements temporaires, formés au gré des affinités.

Vu le tour que prenaient les choses, Antoine n'aurait pas été surpris, en sortant de la bibliothèque et en se retrouvant place Saint-Pierre, de trouver le Christ et les saints apôtres qui surmontaient la façade de la basilique tout enturbannés, faisant allégeance au Prophète et révélant que c'était contre leur gré que, depuis si longtemps, on les faisait passer pour chrétiens. Finalement, il n'en était rien : ils se tenaient là comme d'habitude, la tête nue, avec leurs attributs officiels – croix, auréole, clé du paradis... Mais le problème d'Antoine restait entier.

Que faire ? Convoquer la presse pour expliquer que l'homme auquel il avait consacré sa vie n'était qu'un imposteur, et s'attirer ainsi les foudres immédiates du pouvoir ? Ou attendre lâchement qu'on le fasse à sa place, ce qui ne pouvait manquer d'arriver, car d'autres savaient – c'était même par eux qu'Antoine avait été informé ?

La nuit était tombée. Le ciel romain sans étoiles était tout empli des chaleurs et des miasmes de l'été. Antoine ne déciderait rien ce soir-là. Ni même avant de partir en vacances.

Trois semaines plus tard au Kloub, il en était toujours au même point.

15.

« Trop petit gabarit pour une classe de cinquième » : c'est par cette appréciation lapidaire que le professeur de gymnastique d'Antoine avait conclu l'année, sur son carnet scolaire du troisième trimestre. À l'éducation nationale, on n'écrirait plus des choses pareilles aujourd'hui, bien sûr, même si l'on ne devait pas en penser moins.

Dans le prolongement de cette évaluation peu amène, en l'observant un matin dans le reflet de la glace, alors qu'il se lavait les dents, sa femme s'était interrogée à voix haute : « Je me demande, au fond, si tu as la carrure pour affronter l'existence. » Dans l'esprit de Madeleine, le mot « carrure » était à prendre au sens moral, bien entendu... Mais était-ce si net que cela ? Ne s'était-elle pas adressée à l'image de son torse nu, dans la salle de bains ?

Il se remémorait tout cela, alors qu'il avait rejoint les autres au point de rassemblement de « l'atelier tennis ». Il faut dire que ce matin-là, tout le monde le dépassait d'une bonne tête. Il n'était pas grand, certes, mais jusqu'à présent il s'était considéré dans la moyenne. Le groupe qu'il rejoignait, un échantillon a priori standard de cadres supérieurs en vacances, lui apportait un démenti cinglant. Il n'était tout simplement plus à l'échelle. Désormais, la normalité était de faire une quinzaine de centimètres de plus que lui.

Il ne pouvait que se féliciter, dans ces conditions, d'avoir privilégié son sport favori, le tennis. Face à une tribu de géants analogues, une activité plus dépendante de la force physique brute – athlétisme, aviron, lancer de javelot – l'aurait condamné à une humiliation certaine. Avec le tennis, où tout était dans le geste, le jeu de jambes, il conservait ses chances.

– Eh oh, Antoine, tu rêves ? Tu penses pouvoir éviter l'échauffement ?

Jambe était sorti de l'élégant pavillon où se trouvaient les vestiaires. Il était entièrement vêtu de blanc : short, chaussures et chemisette, qui faisaient ressortir davantage la noirceur de ses jambes et de ses bras interminables. Antoine n'était pas surpris de tomber à nouveau sur lui. Depuis son arrivée, il l'avait vu jouer tous les rôles, tour à tour gourou psychédélique, conducteur de jet-ski, professeur de danse, préparateur de cocktails, moniteur d'aquabike, changeant sans cesse de costume au gré de ses métamorphoses. Ce matin-là, voici qu'il était moniteur de tennis. Antoine avait été affecté à son groupe. « Comme par hasard », songea-t-il, sans savoir lui-même ce qu'il voulait dire par là.

Sur le terrain en quick, il faisait déjà très chaud et, après les dix minutes d'échauffement annoncées – pas chassés autour du terrain, dans le sens des aiguilles d'une montre, puis l'inverse, quelques pompes, et pour terminer les fameux *burpees* –, Antoine était passablement essoufflé. Les *burpees*, surtout, étaient épuisants. Les autres M.E. étaient habitués à cet exercice d'aérobic qui porte le nom de son inventeur, le physiologiste américain Royal Huddleston Burpee : le reste de l'année, ils le pratiquaient plusieurs fois par semaine avec leur coach personnel, dans les parcs parisiens. Mais pour Antoine, c'était une pénible première.

– Tiens, un retardataire, fit Jambe.

Nicolas les rejoignait. La raquette sous le bras, il se présenta sur le court avec un large sourire. Le clin d'œil appuyé qu'il leur adressa signifiait qu'il avait de bonnes raisons d'avoir eu du mal à se réveiller ce matin, que la nuit n'avait pas été de tout repos, mais qu'il n'en dirait pas plus. Devant le regard lourdement insistant de Jambe, il ne put cependant se retenir d'être plus explicite :

– Que voulez-vous, une vieille connaissance... Il fallait qu'on fête nos retrouvailles.

« Manifestement, il n'a pas encore trouvé Badroulboudour », conclut Antoine, se rappelant leur conversation de l'*Apérikloub* que Nicolas, lui, paraissait avoir oubliée. En guise d'échauffement, Nicolas improvisa quelques moulinets de bras assez ridicules.

– Bon, j'ai besoin d'évaluer votre niveau, dit Jambe. On va faire de petits matchs pour commencer. En deux jeux gagnants, d'accord ? Antoine, tu vas jouer contre Nicolas.

Auparavant, il avait semblé à Antoine que Jambe avait adressé à Nicolas un signe de complicité, une sorte de petite moue entendue suggérant qu'ils étaient de mèche, mais il n'en était pas sûr.

En un sens, se retrouver face à son ancien ami convenait assez bien à Antoine. Il n'avait que mépris pour la brutalité brouillonne du tennis de Nicolas, ses gestes courts et laids. Au club de tennis de Chantaume, une trentaine d'années auparavant, il le battait tous les mercredis après-midi à plate couture, ce que Nicolas n'avait d'ailleurs jamais reconnu. Chaque fois que, par la suite, le sujet avait été évoqué, ce dernier avait poussé l'outrecuidance jusqu'à affirmer que dans son souvenir, ils étaient « à peu près du même niveau ». Trente ans avaient passé, sans doute, mais certaines choses ne changeaient pas, et le tennis moins qu'aucune autre. Nicolas était probablement toujours aussi nul, et aussi inconscient de sa nullité.

D'un autre côté, le fait que Nicolas lui fût objectivement inférieur mettait à Antoine une certaine pression. S'il perdait, en effet, ce serait la honte. Cette idée faisait insidieusement son chemin en lui, tandis qu'il commençait à échanger quelques balles avec Nicolas, avant le début du mini-match.

Heureusement, comme Antoine s'y était attendu, Nicolas, sans aucune espèce de gêne, frappait de toutes ses forces et envoyait une balle sur deux directement dans le grillage. Antoine, de son côté, ne brillait pas excessivement et rencontrait quelques difficultés à bien se positionner sur la balle. Ses coups droits, en particulier, finissaient souvent dans le filet, ou alors loin derrière la ligne. Mais sachant pertinemment que ces approximations techniques ne correspondaient nullement à son niveau, et qu'il ne tiendrait qu'à lui, le moment venu, de se hisser jusqu'à sa véritable valeur, il n'était pas inquiet. Délaissant la médiocrité de ces échanges préparatoires sans conséquence - le match n'avait pas encore commencé –, l'esprit d'Antoine était déjà tout entier concentré sur ses exploits futurs.

- Bon, les amis, il va falloir y aller maintenant, dit Jambe.

Le tirage au sort favorisa Antoine, qui fit le choix de servir d'abord. Le service était son point fort, la lourdeur de sa frappe de première balle surprenait toujours ses adversaires. Après s'être mis en position, il commença par faire rebondir plusieurs fois la balle sur le sol, rituel de concentration pratiqué par la plupart des joueurs professionnels. Puis, d'un mouvement ample dont participait tout son corps qui s'était cambré comme un arc, Antoine élança vers le ciel la balle jaune, partie de sa main gauche comme d'un présentoir sacré, tandis que son bras droit faisait descendre sa raquette derrière son dos, afin qu'elle en rejaillît plus puissante pour venir frapper, bien au-dessus de sa tête, la balle soudain arrachée à sa lévitation et propulsée à une vitesse fabuleuse de l'autre côté du filet, dans le petit carré du côté opposé du terrain.

- Faute ! s'écria Jambe, qui était monté sur la chaise d'arbitre.

« La balle était plusieurs mètres dehors, s'énerva Antoine, quel besoin y avait-il de le signaler. »

Son second service, qu'Antoine avait pourtant cherché à « assurer » en adoptant un mouvement beaucoup plus ramassé et pour tout dire assez mesquin – il s'était contenté de pousser la balle – échoua dans le filet. Double faute, donc, et le premier point pour Nicolas, sans que ce dernier ne le méritât le moins du monde. Antoine émit un petit rire sec, pour montrer combien cela l'indifférait.

Pour éviter tout nouvel accident et surprendre Nicolas, Antoine choisit de servir directement à la cuiller, c'est-à-dire en frappant la balle par en dessous. Nicolas cependant, nullement décontenancé, se précipita sur le projectile et, d'un petit geste très contrôlé, qui ne ressemblait en rien aux boulets de canon imbéciles qu'il avait décochés pendant l'échauffement, le fit repasser juste au-dessus du filet. Ce n'était pas une amortie, à vrai dire il n'y avait rien de très calculé dans ce coup qui avait seulement consisté à rattraper la balle tant bien que mal, mais tout de même la balle était courte. Antoine, qui partait du principe de l'infériorité fondamentale de Nicolas, en fut surpris et démarra trop tard. Sa raquette, raclant le sol, ne parvint pas à récupérer la balle avant qu'elle n'eût rebondi une deuxième fois, ce qui signifiait la perte du point.

Jambe, cette fois, ne fit aucun commentaire. Mais il avait pris un visage plus grave, qu'Antoine interpréta comme une expression de déception, comme si Jambe réalisait que son élève n'était pas celui qu'il croyait, qu'il était beaucoup moins bon.

Zéro-trente. Déjà, l'étau de la peur de perdre se refermait sur Antoine. Le tennis était comme la vie. Au début, tout semblait possible, et puis de fil en aiguille, très rapidement à vrai dire, après quelques faux pas et un ou deux coups de déveine, on finissait par s'enfermer dans une prison psychologique dont les parois, pourtant purement imaginaires, devenaient infranchissables. Bientôt, on perdait tous ses moyens.

Antoine ne savait maintenant plus du tout comment faire un coup droit. Plus exactement, il lui semblait que son corps le savait encore, mais que son esprit se trouvait comme coupé de ce corps, enfermé dans une réflexivité infinie qui le privait de tout moyen de contrôle. Plus il cherchait à retrouver la maîtrise, moins il s'en sentait capable. Enveloppé dans sa carapace de chaleur, étouffant dans le halo de sa propre sueur, Antoine ne s'appartenait plus et éructait les pires grossièretés.

En face, Nicolas ne prenait pas le moindre risque et ne commettait plus aucune erreur. Il était désormais l'incarnation du jeu « petit bras » et se comportait sur le court comme une sorte de caniche répugnant. Il en souriait de la façon la plus niaise qui fût. Il était sur toutes les balles et les remettait toutes par-dessus le filet, de manière complètement improbable.

Ivre d'humiliation, Antoine s'échappait par l'esprit du théâtre de sa déchéance. Il attrapait au vol des pensées venues d'ailleurs, qui arrivaient à sa rescousse d'un monde préservé des avanies du tennis, et dont les images enchantées se déployaient devant son esprit souffrant. Heureusement qu'il y avait les *Nuits*... Il se voyait sous les traits du prince Ahmed, dans l'un des contes que Hanna avait racontés à Galland. Ahmed cherchait une flèche (cela aurait pu être une balle de tennis) qu'il avait envoyée bien trop loin. Parvenu au pied d'une montagne hostile et infranchissable, il découvrit encastrée dans la roche une porte de fer, sans apparence de serrure, mais qu'il lui suffit de pousser pour déboucher sur un palais magnifique dont sortit une dame admirable, qui n'était autre que la fée Pari-Banou, fille d'un génie parmi les plus puissants et les plus distingués. L'accueillant avec des grands transports de joie, elle lui fit comprendre que c'était elle, depuis le début, qui avait agencé les événements de telle sorte qu'il parvînt à la rejoindre...

– Jeu, set et match, annonça Jambe, d'une voix très neutre, professionnelle, ne cherchant pas à enfoncer Antoine davantage.

La partie n'avait duré qu'une dizaine de minutes, qui avaient semblé une éternité. Nicolas s'avança vers le filet, la main tendue pour serrer celle de son adversaire malheureux – une manière bien cérémonieuse, s'agissant d'une simple partie-test en deux jeux gagnants. Antoine se plia à l'exercice d'un air faussement enjoué, pour laisser entendre à la fois qu'il était bon perdant et que le résultat de ce match, ne reflétant en rien son vrai niveau, lui importait peu.

– Ce n'était pas terrible, mais vous avez mérité d'aller boire un peu à l'ombre, dit Jambe en descendant de la chaise d'arbitre. Puis il éclata de rire.

Ils sortirent du terrain pour regagner le pavillon. Jambe, après leur avoir donné à chacun une bouteille d'eau, les fit entrer dans la grande salle où l'on se retrouvait après les matchs pour « débriefer », vidéos à l'appui.

– Bon, Nicolas, c'est pas si cata en fait. Tu sais bien proportionner ton jeu à tes capacités : il y a chez toi une forme de lucidité, qui est la première condition pour progresser. Certes, tu as les gestes courts, tu joues à la force unique de ton bras, sans imagination, sans intention, même. Mais ça passe. Et tu es tenace. Petit à petit, l'oiseau fera son nid, tu verras…

Nicolas accueillit ces commentaires encourageants avec une placidité presque indifférente. Il avait assuré la victoire, remis Antoine à sa place, le reste n'était que littérature.

– On va pas se mentir, reprit Jambe, pour toi, Antoine, c'est plus compliqué. Je te sens écrasé par le prestige légendaire des coups dont tu te crois capable, coups dont tu te figures qu'ils sont seuls dignes de toi. Tu poursuis des chimères tennistiques. Cette approche orgueilleuse, et purement esthétique, te condamne à la défaite. Je dirais même qu'il n'est pas un adversaire, aussi faible soit-il, qui ne serait en mesure de te battre. Il me semble qu'un enfant dans le ventre de sa mère le pourrait. Ton problème n'est pas la technique. Ton problème, c'est l'écart entre ce que tu peux et ce que tu imagines pouvoir. Cesse de planer au-dessus de toi-même, Antoine, et reprends possession de ton corps !

Antoine crut reconnaître le type de reproches que lui adressait naguère Madeleine, mais ici vidés de toute acrimonie. Jambe en effet s'était adressé à lui avec une grande douceur, avec une forme d'affection, même, sans paternalisme aucun, de sorte qu'Antoine pouvait réellement penser qu'il avait dit cela pour son bien, et lui savoir gré d'avoir été si sévère, la dureté de son propos étant précisément une marque de bienveillance, du souci qu'il avait de lui dire la vérité.

À la fin de sa péroraison, Jambe eut un instant de distraction. Ses collègues animateurs de l'atelier de *cross-fit* passaient juste devant le pavillon. Sans doute se dirigeaient-ils vers la piscine, et Jambe leur adressa un salut amical, qui se prolongea un peu, dans un début de rêverie. En regardant au loin, il avait les yeux plus grands que d'habitude. De profil, cela faisait ressortir le nacre légèrement jauni de la sclérotique qui entourait ses prunelles. Ce jaune, pensa Antoine, trahissait les origines de Jambe, des origines pauvres, non européennes, car personne en Europe n'avait le blanc des yeux ainsi jauni. Antoine n'était pas médecin et ne savait pas précisément, mais à son sens une telle altération n'était possible qu'à la suite de certaines privations. Elle devait être le résultat de longues années passées dans des conditions de vie assez précaires, à des années-lumière de l'existence sybarite en vigueur au Kloub. Antoine eut soudain la certitude que, malgré ses airs de jeune premier, Jambe revenait de loin. D'ailleurs, cette expression, « revenir de loin », n'était pas appropriée : comme si son intégration au personnel du Kloub, jusqu'à prendre la tête des animateurs, constituait une sorte d'accomplissement, de rédemption – qui emportait le rejet définitif de son existence passée. Antoine avait l'intuition qu'au contraire, Jambe n'avait jamais cessé d'appartenir au lieu d'où il venait, et que c'est à ce lieu, du reste peut-être pas très éloigné du Kloub, peut-être tout proche même, ce lieu peuplé d'une humanité dont le blanc des yeux était tout jaune, comme le sien, qu'il pensait en ce moment.

Jambe se reprit vite.

– Bon, maintenant qu'on s'est tout dit, on va pouvoir commencer à bosser.

Il empoigna deux paniers pleins de balles, qui annonçaient des séries de coups droits et de revers sous une chaleur de plomb.

Antoine ne suivit pas tout de suite le mouvement. Il était encore sonné par le match, et par la rude leçon qui lui avait été administrée. Il parcourut du regard les murs de la salle. Y étaient accrochées de vieilles affiches officielles des tournois du Grand Chelem, ainsi que des photographies des grands joueurs du passé. Stefan Edberg ou Chris Evert étaient à l'honneur, évidemment. Mais on trouvait aussi, et c'était plus intéressant, un portrait en majesté de Ramanathan Krishnan, le mythique tennisman indien des années 1950, avec ses manières, altières et douces, de brahmane sur le court. Et encore un curieux petit portrait de Mansour Bahrami, le meilleur joueur iranien de l'histoire du tennis. Avec ses énormes moustaches et son air facétieux, ses yeux terribles et légèrement louches fixés sur la balle jaune qui semblait se rapprocher lentement de lui comme une grosse montgolfière, il indiquait la voie d'une autre façon de jouer, cérémonieuse et magique, drôle et raffinée, non dénuée de cruauté sans doute, mais tout autant remplie de tendresse : précisément la voie que *n'avait pas* empruntée le tennis contemporain, technique autant que brutal, sous la dure férule du monde occidental tel qu'il avait évolué. Soit dit au passage, l'élégance millimétrée, horlogère, d'un Roger Federer ne pouvait évidemment tenir lieu de contre-exemple ; elle constituait bien plutôt la version achevée, portée à son point d'absolue perfection, de ce projet antipoétique.

Il y avait enfin, sur un mur latéral, un vaste panneau de liège comme on en trouvait dans tous les clubs de sport, consacré aux grandes heures du « Tennis-Kloub ». Les images mémorables des différents tournois, les remises de coupes, les soirées qui s'en étaient suivies. Antoine s'attarda sur l'emplacement dédié à l'année précédente. On y découvrait plusieurs photographies de la fête du tournoi. Sur l'une d'elles en particulier, un groupe d'hommes et de femmes, bras dessus, bras dessous, tous en tenue blanche, manifestement un peu éméchés, riaient à gorge déployée devant l'objectif. Sur la droite, il y avait Jambe, beaucoup plus grand que les autres et dont le haut de la tête, de ce fait, était légèrement coupé. Il était à côté d'une longue femme aux cheveux auburn, qu'Antoine n'eut pas de mal à reconnaître. Jambe et Madeleine n'étaient que deux maillons de cette chenille humaine hilare et ils ne faisaient rien de plus que se tenir par les bras comme les autres. Mais quelque chose – était-ce une certaine pression des mains, pourtant invisible à l'image, un léger rose aux joues de Madeleine, cet air de victoire qui jamais ne quittait Jambe, mais qui paraissait ici plus victorieux que d'habitude ? Quelque chose, en tous cas, soustrayait ce contact physique à la liesse collective, l'isolait en une forme d'étreinte singulière.

Ainsi donc, pensa Antoine, c'était sous l'apparence du professeur de tennis que Jambe avait possédé Madeleine : lui qui, autant que Zeus, pour circonvenir les mortelles, pouvait prendre la forme qu'il voulait afin de séduire les clientes et s'unir à elles... Il avait fallu qu'il choisît le tennis, c'est-à-dire le sport préféré d'Antoine... L'insolente confiance qui avait dû habiter tous ses gestes, lorsqu'il avait fait l'amour à Madeleine – des gestes précis comme un revers bien ajusté... Et le plaisir que celle-ci en avait conçu, même si d'un autre côté, elle n'était pas femme à se laisser impressionner par de tels numéros... Tout cela était insupportable.

Les larmes de douleur et rage étaient noyées dans la sueur du visage d'Antoine. Elles ne se voyaient pas, et pouvaient encore moins être expliquées. Il ne lui restait plus qu'à rejoindre les autres sur le court pour tenter de débloquer son coup droit.

16.

Antoine était là depuis une semaine, mais il n'avait toujours pas mis les pieds à la plage. Au Kloub, la mer était à l'horizon visuel de tout et pourtant rien n'y invitait. Les multiples piscines, de toutes tailles, formes et profondeurs, régulièrement réparties sur l'ensemble du domaine, étaient pensées non comme un succédané de la vraie mer, mais comme son amélioration, une solution pour s'en dispenser tout à fait. Elles en offraient tous les avantages, et même plus, sans les désagréments (sel, algues, cailloux, requins). Certains M.E. venaient depuis des années sans jamais avoir trempé l'orteil dans la Méditerranée, et ils s'en vantaient. Pour les personnes un peu arriérées toutefois, celles qui n'avaient pas encore accédé à la compréhension de la vraie hiérarchie des choses, un accès à cette dernière avait été aménagé. Il était même possible de faire un peu de voile ou de paddle, à condition de ne pas s'éloigner de plus de quelques centaines de mètres du rivage.

Les filles d'Antoine faisaient partie de ces arriérés : elles ne cessaient de réclamer la mer. Antoine se décida à les y accompagner, à la sortie du Minikloub. Il suffisait de descendre le long escalier, sans se laisser divertir par les différentes animations (concours de bikinis, stand de brochettes de chamallows, défilé de T-shirts mouillés) qui étaient autant de tentations jalonnant le parcours, faites pour dissuader les kloubeurs de rejoindre, au bout du chemin, l'infini des gouffres amers.

Lorsqu'on arrivait en bas, une allée en caillebotis traversait une courte palmeraie avant de déboucher sur l'immense plage. Pendant une centaine de mètres, les parasols siglés du K officiel s'alignaient impeccablement, protégeant de leur ombre généreuse les banquettes molletonnées bordées de petites tables blanches. Les M.E. y lisaient paisiblement, pour la plupart le même livre : *Aérobic*, le dernier roman de Samuel Carrera.

Mais le vaste rivage ne se limitait pas à la bande de sable réservée aux hôtes du Kloub. De part et d'autre s'étendait la plage publique, où avait pris place la population autochtone qui formait une masse sombre et colorée, inquiétante au moins en ceci qu'elle rappelait aux M.E. la précarité du luxe et de la volupté prodigués par le Kloub, dont la juridiction couvrait seulement une centaine de mètres de plage, sur les milliards que devait compter la planète.

Tout en gardant un œil sur ses filles, Antoine observait avidement ce dehors qui ressemblait à la vraie vie. Tout un monde parallèle s'y déployait, un monde complet où se mêlaient toutes les générations. Les familles faisaient littéralement salon, ayant déménagé une partie de leur mobilier pour l'installer à même le sable ou sur un tapis autour duquel chacun était assis, dans des chaises pliantes. On avait le sentiment d'avoir accès, par une vision en coupe, à l'intérieur d'appartements alexandrites ou cairotes. De temps à autre, les femmes les plus âgées se faisaient signe les unes aux autres et se levaient pour entrer, en longue procession, tout habillées dans la mer, comme de grands paquebots que l'on met à l'eau.

Au bord de l'eau, les garçons paradaient torse nu et leur audace les conduisait souvent à des incursions dans la partie privatisée par le Kloub, pour y sourire aux vacancières occidentales. Certains leur proposaient des beignets, des glaces ou des rayons de miel, avant d'être chassés sans ménagement par un animateur diligent. Ces jeunes hommes étaient les seuls, néanmoins, à s'intéresser à ce qui se passait à l'intérieur du Kloub. Les autres paraissaient s'en moquer éperdument.

Balayant toute la plage du regard, Antoine remarqua, bien au-delà des limites du Kloub, un curieux attelage qui progressait avec difficulté sur la partie mouillée du sable, entre la mer et le bloc compact des vacanciers égyptiens. Une silhouette de cheveux bouclés agités par le vent poussait avec énergie un fauteuil roulant. Olivia Tzedakis et Jean-Michel s'offraient le grand frisson d'une plongée en territoire indigène...

– Papa, papa, j'ai trouvé un gendarme mort !

Antoine sursauta. Voyant Garance tenir dans ses doigts une petite bête à la carapace rouge et noire, il comprit qu'il n'était pas question du meurtre d'un militaire chargé du maintien de l'ordre, mais plus banalement du décès d'un de ces insectes connus sous le nom scientifique de pyrrhocore, qu'on appelait aussi diable ou cherche-midi.

– C'est en creusant le sable qu'on l'a trouvé.

– Vous construisez un château ?

– Oh non, papa, pas un château. Ce sont les garçons qui font ça, répondit Garance avec dédain. Nous, on cherche un trésor.

– Un trésor, enterré dans le sable ?

– Maman nous a dit qu'il y en a un ici, juste entre les deux parasols. Mais pour le trouver, il faut creuser beaucoup plus, dit Aubépine.

– Si on veut le découvrir, il nous faudrait de la main-d'œuvre, ajouta Garance.

Antoine n'avait aucune idée de la manière dont elle avait pu apprendre ce mot, « main d'œuvre ». Mais il exprimait bien son caractère autoritaire, la propension qu'elle avait depuis toujours à déléguer, aux hommes de préférence, l'exécution des tâches matérielles.

– Tu voudrais pas le faire, papa ? ajouta-t-elle.

– Moi, il faudrait que je creuse pour vous ? Les enfants, il est trop tard maintenant, la nuit va tomber. Et puis nous n'avons pas de pelle.

Antoine était d'autant moins enclin à obéir à ses filles que cette partie de la plage n'était pas faite pour de tels jeux. On l'aurait certainement rappelé à l'ordre en lui demandant de reboucher ce grand trou, pour des raisons esthétiques évidentes, mais aussi parce que ç'aurait été dangereux : un des M.E. aurait risqué d'y tomber et de se fouler la cheville.

Il lui fallut cependant un certain temps pour en convaincre ses filles. D'ailleurs il n'y parvint pas. Seule la tombée de la nuit eut raison de leur obstination. Ce soir-là, le ciel était très clair. Les étoiles paraissaient toutes proches.

– Papa, on est dans le ciel, en fait ? demanda Aubépine.

Antoine approuva de la tête. Aubépine aimait les livres sur l'astronomie moderne. Elle avait parfaitement intégré le principal enseignement de cette science : que la Terre n'était pas le sol du monde, un plancher des vaches condamné à contempler le firmament comme un toit lointain et inaccessible. La Terre elle-même flottait dans l'espace, elle était un astre, au même titre que la Lune et les autres planètes. Elle participait de la vie du ciel, de son immensité et de ses mystères.

Au loin, quelque part sur le sable, la plainte étouffée du fauteuil roulant de Jean-Michel qui s'enfonçait dans la pénombre était encore perceptible.

17.

– Hein, qu'est-ce que c'est ?

– Chut.

C'était le milieu de la nuit, l'heure de tous les possibles, celle où tout se confond et où l'on se sent vulnérable. Ses filles étaient allées dormir chez une petite amie rencontrée au Minikloub, dans une autre caverne, à quelques centaines de mètres. Antoine était seul, et terrorisé.

– Chut, répéta la voix.

Une voix dont les yeux brillaient dans le noir. Cette apparente phosphorescence était, en réalité, due au reflet de la lune dans ses prunelles – la lune qui s'était levée, pleine, et diffusait sa lumière laiteuse dans le reste de la pièce.

Cet éclat froid de pierre précieuse... L'étudiante, la femme de la piscine.

– Que faites-vous ici ?

– Je suis venue te rejoindre, idiot. Dans ta couche. Sans toi, en cette nuit de pleine lune, je ne pouvais pas trouver le sommeil, ajouta-t-elle, en manière de justification.

Elle était debout, face au lit. Une lourde parure couronnait sa chevelure courte, d'où coulaient plusieurs colliers de perles et de minces chaînes en or, savamment reliées les unes aux autres par des rubis et des saphirs. Les almées, ces danseuses égyptiennes qui étaient aussi, comme la célèbre Kuchuk Hanem, des prostituées, portaient de semblables coiffes autrefois. Les deux lucarnes étaient ouvertes. Elles laissaient passer une brise qui s'engouffrait dans la chemise de nuit de la jeune femme, soulevant par endroits le tissu léger, puis le plaquant à nouveau contre ses formes pleines.

– Viens, répondit Antoine, se conformant, non sans angoisse, au rôle qu'il se sentait sommé de jouer.

À cet instant, il pensa à Madeleine, son ex-femme, et fut traversé d'un sentiment fugace de culpabilité, quelque chose de douloureux et de très localisé, comparable à la piqûre d'une petite guêpe. Le souvenir de Jambe en grande tenue de tennis lui servit d'antidote.

– Viens, répéta-t-il.

Mais elle ne bougea pas d'un pouce. Elle continuait à le fixer, en penchant légèrement la tête pour le défier.

– Déshabille-toi, mon aimé, poursuivit-elle. Je veux voir ton sexe dressé jusqu'au ciel à ma seule vue, à la seule imagination de ma présence dans la pénombre.

Après un silence, elle ajouta :

– أريد أن أرى زبك المنتصب إلى أعلى السموات (*ouridou an ara zobbaka al-mountasib ila a'la al-samaouat*[1]), dans un arabe

1. « Je veux voir ton sexe dressé au plus haut des cieux » (NdA).

parfait, divin, faisant réentendre, dans toute sa noblesse, l'antique mot de *zubb*, le relevant de la déchéance que la langue française lui avait fait subir en le reléguant, sous l'avatar hideux de « zob », au dernier rang de l'argot le plus infâme.

Ces quelques mots d'arabe avaient-ils eu l'effet d'un baume libérateur ? La peur l'avait quitté. L'idée de Madeleine l'effleura à nouveau, mais ce fut la dernière fois. Antoine sortit de son lit et se leva. Demeuré à quelques mètres de la jeune femme qu'il ne quittait pas des yeux, il se déshabilla, lui présentant, sans honte ni fierté aucune, comme un simple et pur fait de la nature, l'élévation de son membre à lui sous la puissance de son verbe à elle.

– Et maintenant, allonge-toi.

C'était toujours elle qui parlait.

Il obéit. Il retourna sur son lit. Il s'étendit sur le dos, sur l'épais matelas *king size* qu'il débarrassa du drap qui le recouvrait, comme on fait place nette sur l'autel pour procéder au sacrifice.

Alors elle s'avança vers lui, telle une grande prêtresse venue pour l'immoler. Arrivée au pied du lit, cependant, elle parut se raviser. Soulevant des deux mains, dans un geste d'offrande, sa chemise de nuit, elle découvrit à son tour son corps sombre, bleuté par la lune. Ses seins étaient deux coupoles somptueuses, dont les tétons, hypnotiques comme les yeux d'un fakir, semblaient avoir nourri les jeunes souverains de Babylone. Sa silhouette s'évasait formidablement au niveau de la croupe, pour repartir en fuseau vers ses jambes de nageuse. Son entrejambe, au milieu de ses cuisses jointes, formait un Y parfait. Il émanait d'elle un parfum de santal. À son index droit qu'elle pointait vaguement dans l'air luisait la pierre jaune d'une bague, peut-être une topaze. Dans le creux de son épaule gauche, enfin, Antoine eut la surprise de découvrir, tatoué, le « K » du Kloub, dans une calligraphie tout entrelacée qui le rapprochait de la vingt-deuxième lettre de l'alphabet arabe, le *kâf*. Ce tatouage n'existait pas l'autre jour à la piscine, Antoine en était presque sûr.

– C'est par mes enchantements que je te ferai connaître qui je suis, déclara-t-elle avec solennité.

Elle se glissa sur le lit, remontant le long d'Antoine jusqu'à ce que leurs bouches se rejoignissent dans un baiser merveilleusement liquide. Ils étaient côte à côte, maintenant. Antoine respirait son parfum de santal et se mit à pétrir sa poitrine miraculeuse, anxieux de s'assurer de sa réalité.

Elle se releva et monta sur lui, l'enfourchant un peu au-dessus du nombril. Il sentit son sexe mouillé descendre lentement le long de son ventre, semblable à un gastéropode céleste. Bientôt, elle l'engloutit. Antoine se cabra, comme le cheval sous l'amazone. Cet effort n'arracha d'abord qu'un soupir à la jeune femme. Sa croupe était bien calée dans l'anse des cuisses d'Antoine, sur lesquelles elle imprimait le rythme de leurs ébats, qui allait s'accélérant. Elle ferma les yeux, non pour se couper de lui, mais pour s'emplir de la pensée de sa verge en elle. Elle se mit à respirer très fort. Son souffle était rauque et régulier.

Elle se pencha vers lui pour prendre sa bouche. Antoine en profita pour tenter de retrouver l'avantage.

Il réussit à la renverser, mais non à avoir le dessus. Il lui parut, bien plutôt, qu'elle l'entraînait dans sa chute. Ils tombaient tous les deux à présent, ils ne formaient plus qu'un seul animal marin formidable, qui plongeait dans les profondeurs. Il lui semblait qu'il la rejoignait dans la piscine et qu'elle l'initiait à cette vie sous-marine dont il s'était senti, l'autre jour, exclu. Dans la fusion des corps, leur conversation du bord de l'eau se prolongeait et gagnait en intelligibilité. Ils n'étaient pas loin de se comprendre.

À la fin d'un temps que ne mesurent pas les horloges – un fragment d'éternité –, Antoine sentit qu'il remontait à la surface. Repu de plaisir, il échoua à l'extrémité occidentale du lit, à la façon d'un vieil éléphant de mer. Il ne tarda pas à s'endormir.

Quand il se réveilla, il était plus de neuf heures du matin et elle avait disparu. Il ne l'avait pas sentie se lever, ni partir. Il n'y avait plus aucune trace de son passage. L'odeur de santal elle-même s'était volatilisée. Antoine s'avisa que, cette nuit-là, elle était entrée toute seule dans la pièce pourtant fermée, sans disposer de son sésame. Sur la porte, nulle trace d'effraction. Tout cela, sans doute, n'avait été qu'un rêve. À moins que la jeune femme, au contraire de ce qu'elle avait professé au bord de la piscine, ne fût une magicienne chevronnée, et que ce ne fût que par jeu, pour le tromper, qu'elle avait feint l'autre jour de ne rien entendre à cet art, et même d'en contester l'existence.

Se pourrait-il, se demanda-t-il à nouveau, alors qu'il commençait à se rendormir et que tout se mélangeait dans son esprit, qu'elle fût Badroulboudour ?

18.

C'était l'après-midi du même jour. Les enfants étaient encore au Minikloub. Comme il le faisait dix fois par jour – tantôt il avait oublié serviette, tantôt son livre, tantôt ses lunettes ou ses tongs – Antoine remontait les marches qui menaient à sa caverne. « Je suis le Sisyphe du tourisme contemporain », pensait-il, tout essoufflé. Parvenu à l'entrée, il colla machinalement son poignet à la cellule magnétique de la porte, pour déclencher le mécanisme d'ouverture. Rien. Il avait sans doute été trop rapide. Il réessaya, plus lentement. Pas davantage de réaction de l'épaisse planche de bois. Il retourna le médaillon et tenta la manœuvre une nouvelle fois, sans provoquer davantage le petit éclair lumineux libérateur. Pas de doute, c'était bien le numéro 40, pourtant. Perdant patience, il arracha le médaillon en plastique de son poignet et se mit à l'observer attentivement. Peut-être était-il endommagé. Et d'ailleurs, comment l'appelait-on, déjà, ce truc ? C'était curieux, il ne parvenait plus du tout à se rappeler.

– Ah mais c'est dingue, je l'ai sur le bout de la langue, pesta-t-il sous la chaleur. C'est le nom d'une graine quelconque, ça j'en suis sûr, mais laquelle ? Orge ? Avoine ? Sarrazin ? Froment ? Maïs ? Ah non, ce n'est pas cela... Quinoa ? Boulgour ? Couscous ? Merde, c'est pas vrai !

Plus il faisait d'efforts pour se souvenir, plus il embrouillait sa mémoire, demeurant exclu du mot comme si jamais il n'en avait entendu parler. Il sentit soudain une angoisse terrible, irrépressible, l'envahir – oubliant tout à fait, dans sa panique, que le nom cherché en vain ne jouait en principe aucun rôle dans le système d'ouverture magnétique de la porte. Il avait maintenant la certitude que s'il ne le retrouvait pas, il serait condamné à rester à l'extérieur, et à très mal finir. Peut-être en plusieurs morceaux, comme Cassim, le très antipathique frère d'Ali Baba – à la nuance près que Cassim, pour n'avoir pas retenu le mot de passe révélé par son frère, était resté enfermé à l'intérieur de la caverne.

Heureusement, deux employés du Kloub approchaient. Ils allaient pouvoir l'aider.

– Ah, messieurs, vous tombez bien...

– Vous êtes Antoine Galland, n'est-ce pas ? Vous voulez bien venir avec nous, s'il vous plaît ?

– Mais attendez, ma porte ne fonctionne pas, et je ne me souviens plus comment s'appelle ce petit médaillon que nous portons tous autour du poignet...

– Ne vous inquiétez pas pour cela, nous verrons plus tard. Pour l'heure, nous sommes chargés de vous accompagner au siège de notre administration, où vous attend madame Chapoutin, la directrice.

– Madame la directrice est trop aimable, mais j'ai peur de ne pouvoir honorer immédiatement son invitation. Je dois aller rechercher mes filles, qui m'attendent.

– Tout est prévu, elles prendront leur goûter au Minikloub.

Il les suivit. En retrait du réseau des cavernes-bungalows, l'un des côtés du domaine était barré d'une haute palissade en bois, qui délimitait l'espace de l'administration. Un endroit que personne ne remarquait, d'ordinaire. Au centre, une lourde porte métallique de couleur brune se distinguait à peine du reste de la clôture. Ici le sésame – le voilà, ce nom que cherchait Antoine, mais le lecteur se rappelait, lui ! – n'était d'aucune utilité. On pénétrait à l'intérieur par un badge tout à fait conventionnel, comparable à ceux qui permettent, un peu partout dans le monde, aux employés de la banque ou de l'assurance d'accéder au lieu de leur supplice quotidien.

Biiip.

Juste après, un chemin pavé traversait une pelouse jusqu'à l'unique bâtiment, une longue maison de bois de type colonial. Antoine s'avança, guidé par ses deux accompagnateurs. Non loin, on entendait un âne braire. Il devait se trouver dans l'enceinte, mais de l'autre côté de la maison, invisible depuis l'entrée. Attaché le long de la palissade, peut-être, ou enfermé dans un enclos. Le braiment d'un âne, c'était vraiment quelque chose de très à part, se dit Antoine, qui jusqu'à présent ne s'était jamais fait la réflexion. Quelque chose qui ne ressemblait pas du tout au cri d'un animal. Il évoquait, bien davantage, un univers métallique, fait d'affreux grincements de portes, de tout un jeu de poulies rouillées, de chaînes péniblement tirées. Ces horribles bruits de cachots sortaient du gosier d'un animal d'apparence paisible.

Antoine pénétra dans la maison. On le mena dans un grand bureau, très fonctionnel, et dépourvu de toute décoration orientale.

Une femme à la peau pâle était assise derrière une table de bois sombre. C'était la momie de l'aéroport. La femme à la valise Samsonite. Mais là, très apprêtée, presque belle. Un turban coloré entourait sa tête, qui dissimulait la rareté de ses cheveux. Antoine remarqua ses grands yeux noirs.

– Monsieur Galland ! Quel plaisir ! Soyez le bienvenu, je suis ravie de vous recevoir. Je suis madame Chapoutin, Alexandra Chapoutin, la directrice de cet établissement. Je devine votre étonnement. L'autre jour, à l'aéroport, vous m'avez prise pour l'une des vôtres, une membre exquise. Il se trouve que je suis une adepte de l'observation participante. J'aime me mêler aux clients et me faire passer pour l'une d'eux, pour mieux comprendre leurs besoins, partager leurs désirs et leurs frustrations. Cela fait partie de mon métier. En l'occurrence, vos petites filles en ont un peu fait les frais : j'avais endossé le rôle de la vieille dame que la vie n'a pas épargnée et qui en a conçu quelque amertume. Je l'ai peut-être pris trop à cœur... J'espère que ces ravissantes demoiselles ne m'en tiennent pas rigueur, ni vous. À vrai dire, si j'avais su qu'elles étaient les vôtres, je ne me serais sans doute pas permis.

Elle était très aimable. Le ton enjoué de sa voix, presque gai, était en contraste total avec les intonations pythiques de l'autre jour. Une comédienne hors pair. Antoine fit un signe vague des deux mains pour montrer que cela n'avait aucune importance, qu'il avait déjà oublié. À l'époque déjà, le calife Haroun al Rachid aimait sortir la nuit, déguisé, pour aller à la rencontre du petit peuple de Bagdad et prendre les méchants et les hypocrites la main dans le sac. Antoine hésita à en faire la remarque, et jugea cela finalement déplacé.

C'est alors qu'à travers l'une des fenêtres du bureau, il aperçut l'âne qu'il avait entendu tout à l'heure, attaché, comme il l'avait imaginé, à un piquet sur la pelouse qui séparait le bâtiment de la palissade. L'animal avait cessé de braire, mais le regard éploré qu'il jetait en direction de la fenêtre était étonnamment expressif.

– Ah, vous regardez cet âne ? Figurez-vous que c'est mon ex-mari. Une magicienne de mes amies, très compétente, s'est occupée de son cas, à ma demande. Vous connaissez la technique, j'imagine : elle a pris un vase d'eau, y a plongé les doigts en marmottant entre ses dents quelques paroles appropriées, et a jeté le liquide au visage de l'intéressé. Voici le résultat ! Avouez que c'est efficace... Cela peut vous paraître cruel, ajouta-t-elle, mais si vous saviez ce qu'il m'a fait, vous me trouveriez encore bien magnanime.

Cette justification ne convainquit pas pleinement Antoine, qui ne pouvait s'empêcher de trouver cela très cruel. Elle reprit le cours de son propos :

– Mais trêve de plaisanteries ! Je vous dois également des excuses pour la manière un peu forte dont j'ai fait usage pour vous amener jusqu'ici. J'ai dû provisoirement désactiver votre sésame, ce matin.

Je tenais à ce que vous puissiez me rejoindre au plus vite...

Cette fois, Antoine estima opportun de signifier à la directrice, sinon sa désapprobation, du moins sa grande perplexité face à de tels procédés : en levant les sourcils le plus haut possible.

Madame Chapoutin répondit elle-même par une autre mimique, assez drôle, de petite fille prise en faute, qui prend tous les torts sur elle, mais minaude pour se faire pardonner. Puis elle redevint sérieuse :

– J'ai appris que vous aviez couché avec une jeune femme la nuit dernière.

– C'est que... Je croyais bien faire. Vos équipes nous ont incités à rechercher les faveurs d'une certaine Badroulboudour. J'espérais l'avoir trouvée.

– Badroulboudour ! Voyez-vous cela... Dans votre lit, quelques jours seulement après votre arrivée ! Vous ne doutez de rien...

– Notez bien que je croyais avoir rêvé. C'est vous qui m'apprenez la réalité de ce qui s'est passé. Je ne sais pas d'ailleurs comment vous le savez... Cela ne me semble, là encore, pas exceptionnellement respectueux de la vie privée de vos délicieux clients...

– Ah, ah ! Ne vous inquiétez pas. Sur ce point, je suis blanche comme neige.

Il lui sembla que madame Chapoutin faisait référence à son teint blême, comme un gage de la vérité de ce qu'elle disait.

– Vous me rassurez, réagit Antoine.

– La vérité est plus prosaïque, développa-t-elle. Il se trouve, en effet, que la jeune femme qui a partagé hier votre couche est ma fille, Parizade.

À ce moment précis, une porte s'ouvrit, laissant apparaître la femme de la piscine, et de la nuit dernière. Elle était vêtue d'un grand peignoir et ses cheveux mouillés (elle devait sortir de la douche, cette fois) avaient à nouveau cet aspect plaqué qui déplaisait à Antoine. Elle traversa la pièce avec indolence, nullement gênée de se retrouver face à son amant d'il y avait quelques heures, et sans estimer non plus nécessaire de le saluer. Elle vint s'asseoir sur un petit fauteuil, tout près du bureau, juste à côté de sa mère. À la façon, pensa Antoine, dont certaines créatures de rêve, dans les films d'espionnage, après avoir fricoté un temps avec le héros, regagnent l'antre du mal auquel elles n'ont jamais cessé d'appartenir et s'affichent désormais, sans la moindre vergogne, au bras du fou mégalomane qui prépare la troisième guerre mondiale.

Une fois assise, la jeune femme tourna enfin son regard vers Antoine, le fixant de ses yeux bleus. Sa mère, madame Chapoutin, elle, on l'a relevé, avait les yeux très noirs, et ardents. Exactement les mêmes yeux noirs qu'Antoine avait spontanément attribué l'autre jour à sa fille, avant d'être détrompé lorsqu'elle avait enlevé ses lunettes. Ces yeux, il avait maintenant l'impression étrange, et absurde, que la mère les avait empruntés à sa fille, confisqués.

Lorsque Parizade passa la main sur ses cheveux mouillés, Antoine remarqua qu'elle portait à l'index droit une alliance, un demi-jonc en argent, identique à celui que Madeleine lui avait passé autour du doigt et qu'il gardait toujours malgré la séparation. Il s'aperçut alors que lui-même, à son annulaire gauche, au lieu de son alliance, portait la topaze de Parizade – celle qui brillait la nuit dernière. Un échange d'anneaux avait donc eu lieu. Il se souvint que la même chose s'était produite dans l'histoire déjà mentionnée des amours de Camaralzaman. Camaralzaman et son amante Badoure échangent leurs bagues lors de leur première nuit d'amour. Le lendemain, téléportés à des milliers de kilomètres l'un de l'autre, le constat d'un tel échange atteste à leurs yeux la réalité de la nuit qu'ils ont passée ensemble. « Explique-moi donc comment tout cela ne peut être qu'illusion et rêve, dit Camaralzaman à son père sceptique, alors que la bague est bien réelle ? Sans elle, je croirais volontiers qu'il s'agissait d'un songe. Mais elle est ici, passée à mon petit doigt. Regarde, roi, si ce n'est pas une bague de femme. » Dans son cas aussi, se dit Antoine, la présence de la bague de Parizade sur son doigt était la preuve que Parizade l'avait effectivement visité dans sa caverne. Mais d'un autre côté, poursuivit-il intérieurement, le fait que dans son cas tout se fût passé *exactement* comme dans le conte était suspect, et faisait rebasculer ce qu'il avait vécu du côté du rêve, ou de la mise en scène...

– Or, ma fille et moi, nous nous disons tout, voyez-vous, poursuivit madame Chapoutin, ignorante de ce qui se tramait sous le crâne d'Antoine. D'ailleurs, tu pourrais dire bonjour, Parizade, ajouta-t-elle à l'attention de la jeune femme brune.

– Bonjour, Antoine, obéit cette dernière.

Dans sa voix il n'y avait que de l'indifférence. Son regard paraissait lavé du moindre souvenir de leurs ébats de la nuit dernière.

Antoine était incapable de prononcer le moindre mot.

Madame Chapoutin vint à sa rescousse :

– Monsieur Galland, je vais en venir au fait. La question n'est évidemment pas de vous reprocher l'inclination, parfaitement compréhensible, et qui en un sens flatte la mère que je suis, que vous avez manifestée pour ma fille, laquelle du reste, dans cette affaire, si j'ai bien compris, s'est montrée plutôt entreprenante... J'ai à vous entretenir d'une affaire plus sérieuse, et plus grave. À vrai dire, je crains que vous ne soyez en danger. J'ai beau diriger un club de vacances, je m'efforce de me tenir informée des affaires du monde. Je sais le rôle que vous avez joué auprès du Président Commode pour faire faire accéder Antoine Galland, votre illustre ancêtre, à la notoriété. Que dis-je, à la notoriété : à l'immense célébrité qu'il attendait depuis des siècles... Hélas... Je me suis laissé dire que vous aviez fait, récemment, une découverte à son propos. Une découverte de nature à tempérer les éloges dont le traducteur des *Mille et Une Nuits*, créateur officiel d'Aladdin, fait actuellement l'objet dans votre pays.

Au rythme où les révélations s'enchaînaient, Antoine n'eut pas le temps d'être surpris que madame Chapoutin sût tout cela.

– Lors de sa visite dans votre chambre, Parizade – comment dirais-je ? – a joint l'utile à l'agréable. Elle s'est livrée à une petite vérification. Parizade, tu nous montres ce que tu as trouvé ?

D'un air un peu renfrogné et las, la jeune femme sortit de la poche de son grand peignoir un petit carnet rouge qu'Antoine reconnut immédiatement. Madame Chapoutin s'en saisit et l'ouvrit, à la première page, qu'elle lut : « *Notes en vue d'une autre histoire d'Antoine Galland...* » Elle le referma et s'adressa à Antoine :

– Bon, en résumé, il s'agit d'un jeune Arabe, Hanna Dyâb, avec lequel le célèbre Galland se serait montré... indélicat. Il lui aurait emprunté deux ou trois idées : l'histoire d'*Aladdin et la Lampe merveilleuse*, en particulier... Cher monsieur, je ne fais pas de politique, mais je me soucie – ô combien – de la sécurité de mes clients. Eu égard à l'exploitation qui a pu être faite de Galland ces dernières semaines, j'ai idée que ce que vous avez mis au jour pourrait être assez explosif. Il est très imprudent de votre part d'avoir consigné cela par écrit. Et de l'avoir apporté ici.

– Au Kloub ?

– Au Kloub, oui. Vous êtes un homme intelligent, Antoine. On ne peut vous dissimuler, à vous, que le Kloub n'est pas seulement une destination de rêve, l'une des soupapes de décompression de la France, le havre où ses élites se délassent, prennent le repos qu'elles ont mérité après une année passée à veiller sur votre beau pays. Il est aussi, comment dire ? Traversé par les inquiétudes de son époque. À son propos, il est de bon ton de fustiger l'entre-soi, le « microcosme » qu'il constituerait. Ce n'est pas si simple. Le Kloub est un petit monde, certes. Mais dans les petits mondes se reflètent toujours les grands. Et ils s'y concentrent. Les passions, loin d'être suspendues, s'y exacerbent. Chaque année davantage...

– On a quand même le sentiment d'un vase assez clos, ici. J'y rencontre peu de prolétaires...

– Justement, monsieur Galland, justement. Les gens ici n'ont pas d'échappatoire. Ils ne peuvent pas se disperser, laisser leurs passions se dissoudre dans le quotidien comme ils le font dans la vie ordinaire. Ils sont livrés à eux-mêmes pendant quinze jours, condamnés à suivre leur propre pente jusqu'au bout. C'est valable pour vous aussi d'ailleurs, je m'en fais soudainement la réflexion, mais je ne voudrais surtout pas me mêler de ce qui ne me regarde pas... Quant aux prolétaires, parlons-en. Vous ne pensez quand même pas que vos serviettes de bain se repassent toutes seules ? Or, ces prolétaires, face à eux, que trouvent-ils ? Ce concentré, ce *dessus du panier* de la société française. De si beaux œufs, ça peut donner envie de faire une omelette, ou plutôt une bonne *tchakchouka*.

Antoine repensa au jaune dans les yeux de Jambe.

– Mais madame Chapoutin... voulut-il cependant répliquer.

– Monsieur Galland, il est temps également que vous soyez mis dans la confidence. Je ne m'appelle pas réellement Chapoutin. C'est en quelque sorte mon nom de scène...

Elle prononça alors rapidement un nom arabe, comme un juron marmonné pour elle-même, en forçant les sonorités gutturales : son véritable patronyme. En avait-elle honte, pour éructer ainsi les syllabes ? Ou s'agissait-il, au contraire, de renvoyer son interlocuteur à son altérité occidentale, de lui signifier qu'il était condamné à toujours rester dehors, à ne jamais comprendre ?

– L'extrême pâleur de ma peau pourrait induire en erreur. Mais c'est la vérité. Or, mes origines indigènes, en dépit de ma loyauté envers mes employeurs français, me prédisposent à sentir certaines choses. Les gens du Kloub sont à fleur de peau. Plus qu'une autre, je subodore ce dont, dans certaines circonstances, ils pourraient être capables. Et le choix de « Badroulboudour » comme thème du jeu-mystère de cette année est de nature à échauffer, un peu plus encore, les esprits. Badroulboudour, la bien-aimée d'Aladdin, cette œuvre faussement attribuée à Antoine Galland... Sur ce point, j'ai fait preuve d'une légèreté coupable. L'idée date d'il y a quelques mois, mais sachant votre venue, j'aurais dû ordonner l'arrêt de cette animation idiote. Je n'ai réalisé qu'après votre arrivée. Et voici que les choses s'accélèrent. À la télévision française – dans cette fameuse émission qui est l'honneur de votre paysage audiovisuel, qui est la preuve que vous restez un peuple d'écrivains –, un des candidats, un jeune homme moustachu, a prétendu être Hanna Dyâb. Il a provoqué la terreur simulée de l'animatrice jouant Shéhérazade, qui était de mèche. Deux activistes, manifestement, qui avaient réussi à infiltrer l'émission. Depuis, ils en ont été exclus, naturellement. La chaîne songe à porter plainte, me dit-on. Rien de tragique, mais ce petit incident fait malgré tout un peu froid dans le dos. Il est clair qu'« on » a voulu adresser un avertissement. À vous en particulier. Ceux qui fomentent des complots ici ont des relais là-bas, dans l'hexagone. Et inversement...

Antoine ne savait pas ce que désignait ce « ils », ni ce qu'il fallait entendre par « les gens du Kloub » :

pensait-elle au petit personnel ? Aux membres eux-mêmes ? À une confrérie occulte qui mêlerait les uns et les autres ? Il n'osait poser la question, surtout devant Parizade, qui le regardait maintenant avec une sorte de sourire en coin. Il lui semblait qu'il aurait dû savoir, qu'il était désormais trop tard pour se renseigner.

Il se fit également une autre réflexion. Après tout, c'était son ex-épouse qui l'avait poussé à se rendre au Kloub. En apparence, elle l'en avait formellement dissuadé, mais elle le connaissait trop pour ne pas avoir anticipé qu'un tel langage était le meilleur moyen de l'attirer ici. Pouvait-elle, dans ces conditions, être vraiment étrangère à ce qui lui arrivait ?

– Monsieur Galland, pour votre sécurité, nous allons devoir vous conduire en lieu sûr. Nous avons dans les sous-sols de cette maison des appartements tout à fait confortables et discrets. Je vous propose d'y résider quelques heures, le temps que l'on puisse procéder à votre exfiltration et à celles de vos filles. J'ai déjà prévenu l'ambassade de France.

À l'évocation de cet inquiétant sous-sol, l'antique nom d'ergastule, cette prison souterraine où l'on enfermait jadis les esclaves punis, refit surface dans l'esprit affolé d'Antoine. « Garance et Aubépine pourront-elles seulement me rendre visite si l'on me met au cachot ? » pensa-t-il. Avant de se rendre compte que le plus grave était de savoir ce qu'elles-mêmes, ses petites filles, deviendraient.

– Mais, mes filles, où sont-elles ? hurla soudain Antoine, alors que les cerbères de celle qui ne s'appelait pas madame Chapoutin se préparaient à le conduire à ces prétendus appartements.

Au lieu de lui répondre, les deux hommes avaient posé la main sur son épaule, pour l'inviter à les suivre. Antoine n'était déjà plus traité comme un client, mais comme une sorte d'aliéné dont il s'agissait de contenir les réactions intempestives.

– Rendez-moi mes filles immédiatement, bande de salauds !

La directrice fit signe à ses hommes de ne pas intervenir et s'approcha d'Antoine :

– Ne vous inquiétez pas, monsieur Galland. Garance et Aubépine jouent sur la plage, avec Jambe. Il n'y a aucun danger.

Jambe, la plage... Le sang d'Antoine ne fit qu'un tour. S'arrachant à ses gardes du corps, il se précipita hors du bureau, courant à perdre haleine en direction de la mer. Il n'est pas douteux que les cerbères de la directrice eussent pu le rattraper facilement. Mais cette dernière leur donna l'ordre de n'en rien faire :

– Après tout, si c'est cela qu'il veut, laissons-le ! Nous verrons bien ce qui se passera. Ne bougeons pas pour le moment. Il sera toujours le temps d'aviser, leur dit-elle simplement en haussant les épaules.

19.

Quand Antoine arriva, tout essoufflé, sur la plage, la révolution avait déjà eu lieu. La foule égyptienne avait pris la place des M.E. sous les parasols aux couleurs du Kloub. Elle se prélassait sur les banquettes molletonnées. Les familles arabes absorbaient tranquillement dans ce nouveau décor les cocktails que leur apportaient les animateurs diligents, passés à leur service. Elles ne semblaient pas mécontentes de la soudaine montée en gamme de leur séjour au bord de la mer, mais sans non plus en faire tout un plat. Pour l'essentiel, leur vie paisible, faite de longues conversations les yeux mi-clos sous un soleil de plomb, entrecoupées de quelques baignades, se poursuivait. Leur récente promotion au paradis des touristes n'affectait pas fondamentalement cet ordre des choses. Les animateurs diligents, manifestement ravis d'avoir changé de maîtres, montraient davantage d'enthousiasme. Ils étaient beaucoup plus souriants que d'habitude, échangeant entre eux des plaisanteries, tout en mettant un point d'honneur à assurer un service impeccable. Parmi eux, Antoine reconnut Céline, la femme qui lui avait administré son baiser de bienvenue avec la langue, au début du séjour. Elle resplendissait. Quand elle vit Antoine, elle le toisa avec dégoût et fit le geste de s'essuyer la bouche avec son bras.

Les M.E. avaient été relégués de part et d'autre de l'espace réservé du Kloub, sur la plage publique. Leur expulsion des transats avait dû être aussi rapide que brutale. Ils étaient désormais parqués derrière les barrières anti-émeutes qu'on venait d'installer, et étroitement surveillés par des employés du Kloub lourdement armés. Privés de parasols, écrasés par la chaleur, ils se tenaient accroupis. Pour certains, ils avaient encore à la main *Aérobic*, le livre de Samuel Carrera, dont la reliure gondolée commençait à se détacher sous l'effet du sable et de l'eau de mer. À intervalles réguliers, pour éviter qu'ils dépérissent tout à fait, on les aspergeait d'eau au tuyau d'arrosage, comme on l'aurait fait pour du bétail.

Juste devant la mer, léché par les vagues minuscules de la Méditerranée, un vaste podium de couleur blanche, dirigé vers la terre, avait été installé. En son centre, face à la colline du Kloub, on avait posé un pupitre équipé d'un micro. Il était surmonté d'un dais que recouvrait un beau tissu de satin rouge. Un discours, sans doute, devait être prononcé. En arc de cercle autour du pupitre, une quinzaine de personnes en burnous violet étaient assises, le visage dissimulé par une ample capuche.

Antoine, qui craignait d'être séquestré avec les autres M.E., fut autorisé à accéder à la plage privée : des instructions avaient été données. Il se mit à parcourir fébrilement les rangées de parasols à la recherche de ses filles. Il les aperçut enfin à une dizaine de mètres, non loin du podium, occupées à donner des ordres à des petits garçons qu'elles avaient chargés de creuser le sable avec des pelles plus grandes qu'eux, au même endroit que la dernière fois, entre les deux parasols du bout de la première rangée. En voyant leur père, elles poussèrent des cris de joie. Mais avant qu'il puisse faire le moindre mouvement pour les rejoindre, Antoine sentit une longue main se poser sur son épaule :

– Pas maintenant, Antoine.

Antoine reconnut la voix de Jambe. Jambe revêtu d'un treillis et portant une kalachnikov en bandoulière. Les filles d'Antoine s'étaient mises à pleurer :

– Papa ! Papa !

– Qu'est-ce que tu fous, Jambe, tu es cinglé ou quoi ? lui dit Antoine. Ça va mal finir, tu le sais très bien ! Dans une demi-heure, les forces spéciales seront sur place et vous allez tous vous faire flinguer.

– Suis-moi, lui dit simplement Jambe.

Il avait été rejoint par un caméraman, apparemment chargé de couvrir les faits et gestes d'Antoine. Ce dernier obéit. Le canon de la kalachnikov n'était pas pointé sur lui, mais il était là, et Antoine ne doutait pas que Jambe sût s'en servir. Quelques mètres plus loin, une voix s'éleva :

– Yahia !

Sous un parasol, une femme égyptienne d'un certain âge leur faisait de grands signes en éclatant de rire. Son visage était beau et long comme la lame d'un poignard et le blanc de ses yeux était très jaune.

– Oumi ! répondit Jambe en éclatant du même rire. C'est ma mère, expliqua-t-il à Antoine, ça me fait vraiment plaisir de la voir là.

Ils arrivèrent devant le podium. Antoine gravit les marches de l'escalier.

Il faisait maintenant face à la quinzaine de paires d'yeux dissimulés sous les capuches des burnous. « Le comité de salut public de cette petite révolution », pensa-t-il. L'individu assis au milieu, probablement un homme au vu de sa corpulence, devait être le chef. On le sentait à la manière particulière qu'il avait de prendre ses aises sur sa chaise. Il n'avait de compte à rendre à personne.

– Bon, je pense que vous pouvez vous montrer, maintenant, dit Jambe.

Celui qu'Antoine avait identifié comme le patron se leva et rabattit sa capuche : Nicolas Millegarde. On le reconnaissait à peine. Il était comme ces djinns qui, après avoir pris forme humaine, retournent à leur aspect véritable, radicalement autre, parfaitement indécelable tout le temps de leur métamorphose. Ce n'était pas qu'il eût, à proprement parler, changé physiquement : les volumes de toute sa personne étaient demeurés identiques, et l'on voyait même le col de son T-shirt favori dépasser sous le burnous. Les rebords de ses oreilles ressemblaient toujours au boudin d'un canot pneumatique. Mais son visage s'était débarrassé des rictus agaçants qui le déformaient d'ordinaire pour revêtir la simplicité calme qu'apporte la certitude. La certitude de quoi, Antoine n'allait sans doute pas tarder à le savoir. À sa droite, une personne de sexe féminin, dont le burnous étroit n'était pas dimensionné pour enfermer les formes généreuses, respirait bruyamment. C'était Parizade, qui avait réussi l'impossible pour arriver à la plage plus vite qu'Antoine. Elle peinait à reprendre son souffle. Antoine supposait que sa participation à la conjuration avait été décidée avec l'aval de sa mère – à titre conservatoire, au cas où la révolution prendrait, afin de ne pas avoir tous les œufs de la famille dans le même panier, la pseudo-madame Chapoutin misant plutôt quant à elle sur le maintien de l'ordre établi.

C'était au tour des autres conjurés de se démasquer les uns après les autres. La compositrice Olivia Tzedakis ouvrit le bal, suivie de son compagnon Jean-Michel. Puis ce furent monsieur et madame Jardignac, Kevin, Vanessa, ainsi que d'autres figures familières, d'autres piliers du Kloub qu'Antoine avait croisés tous les matins au petit-déjeuner, autour du grand buffet à volonté. Ils n'avaient pas été les derniers à se resservir en jus d'orange et à se goinfrer de cornes de gazelle. Antoine les voyait encore lécher leurs doigts pleins de miel au sortir de la salle à manger, avant d'enchaîner sur une séance de massage au spa.

Par réflexe, Antoine examina leurs poignets. Chacun arborait le sésame d'or réservé à la crème des habitués, ceux qui avaient fait du Kloub leur seconde maison. La marque d'allégeance suprême à l'institution s'était retournée en son contraire, elle était devenue le signe de ralliement de la confrérie secrète qui avait juré sa perte. La subversion ne venait pas de l'extérieur du système, se dit Antoine, mais de son cœur. Et elle n'était pas le fait d'un individu isolé, mais d'un complet aréopage.

Aux conjurés kloubeurs, il fallait ajouter Samia, l'hôtesse de l'air, complètement démaquillée, plus belle encore - d'une beauté très différente en tous cas - qu'elle ne l'était dans l'avion sous l'épaisse couche de fard. Et Khaled, le serveur de l'Aperikloub qui, avec Nicolas, s'était bien payé la tête d'Antoine l'autre soir.

En somme, ils étaient tous réunis. Tous ceux auxquels Antoine avait eu affaire depuis le début du séjour.

- Et tu n'as encore rien vu, lui dit Nicolas, sans le regarder, mais supposant l'état de sidération dans lequel Antoine devait se trouver. Mesdames, c'est à vous !

Deux personnes encore, en effet, deux femmes, demeuraient cachées. Antoine ne s'en était pas aperçu. Il en éprouva de l'inquiétude, une monstrueuse inquiétude même. Car il est une chose plus terrible que la découverte d'un terrible secret : c'est le moment où l'on pressent qu'il n'est pas le fin mot de l'affaire, et qu'une vérité plus profonde encore est tapie quelque part, prête à surgir et à tout dévaster.

La plus petite des deux se leva et rabattit sa capuche d'un mouvement sec : Gianna Morandi. Antoine fut soulagé. « Ah, si ce n'est qu'elle, ça va », pensa-t-il. Sa présence ici, quoique matériellement pas très simple à expliquer, était dans l'ordre des choses. Elle donna même à Antoine la force de plaisanter :

– Gianna ! Toi, au Kloub ? Je n'aurais jamais pensé te trouver dans un endroit pareil. Tu es venue pour le golf, sans doute ? Ou alors le concours de bikini ?

Pour toute réponse, l'universitaire italienne leva les yeux au ciel. Elle estimait probablement qu'une telle répartie n'était pas à la hauteur des événements. Elle se rassit et sortit un téléphone (du type de ceux qu'on achète en vue d'une utilisation temporaire, avant de désactiver leur carte SIM et de les jeter dans la mer) et se mit à pianoter fébrilement sur le clavier. Antoine l'imaginait adresser par SMS des instructions à un entier réseau de sbires chargés des basses œuvres. Il supposait que Gianna, comme beaucoup d'intellectuels qui s'essaient à la révolution, prenait un plaisir particulier à se concentrer sur la dimension matérielle, pratico-pratique, des choses. Elle devait aimer se sentir exister dans l'action pure, débarrassée du concept, de la théorie, au nom de l'idée, elle-même très théorique, que l'action véritable consiste en l'abolition de toute forme de réflexion.

Mais ce n'était pas fini. La seconde femme ne s'était toujours pas montrée. Qu'attendait-elle ? Le cœur d'Antoine se serra. Il ne pouvait croire à l'idée qui était en train de se former en lui. Comment lui était-elle venue ? Était-ce seulement cette silhouette face à lui, longue, fine, gracile, qui lui semblait si familière ? Ou alors son esprit était-il en train d'établir les connexions inédites, les correspondances inaperçues, qui le conduisaient maintenant à envisager l'impensable, à le croire possible, et même vraisemblable ?

Elle se découvrit. C'était elle, évidemment. Le teint pâle de Madeleine, qui arrivait tout droit de Paris, contrastait avec le bronzage insolent du reste des conjurés. Comme les autres, elle arborait le sésame d'or qui, autour de son poignet délicat, ressemblait à un bijou précieux. À sa vue, Garance et Aubépine poussèrent de nouveaux cris de joie. Elles se précipitèrent sur le podium pour rejoindre leur mère, qui les fit asseoir sur ses genoux, sans que Nicolas s'y opposât.

Madeleine se tourna alors vers Antoine avec un peu d'appréhension, hésitant un moment avant de le regarder dans les yeux. Mais lorsqu'elle le fit, son regard ne fut pas long à prendre l'assurance qu'il avait toujours eue et à signifier à son ancien mari, avec douceur, mais fermeté, qu'elle n'avait pas honte de ce qu'elle faisait, que ce n'était pas contre lui, mais qu'il le fallait. Garance et Aubépine l'imitèrent, dévisageant leur père avec une certaine sévérité.

– Antoine, si tu veux bien, on va t'expliquer ? dit Nicolas, manifestement désireux de couper court à toute effusion d'ordre privé. Assieds-toi, je t'en prie.

L'un des animateurs diligents, devenu préposé au bien-être des nouveaux chefs, avança une autre chaise. Antoine s'assit. Il faisait face aux conjurés. Nicolas, quant à lui, avait repris sa place au centre de la petite assemblée. « Mon procès va commencer », pensa Antoine.

– Cher Antoine, ne crois surtout pas à une mise en scène. Tu n'as pas affaire à l'une de ces animations assommantes dont le Kloub a le secret. Non, ce que tu vois autour de toi maintenant, pour la première fois depuis le début de ton séjour, c'est la réalité. La réalité de femmes et d'hommes qui, à force de fréquenter cet endroit, ont appris à le haïr de toutes leurs forces, et ont juré sa perte, tout simplement. Cette perte, du reste, a déjà eu lieu. Tu n'y as pas assisté, car tout s'est passé précisément au moment où tu es remonté dans ta chambre, parfaitement à contre-courant de l'histoire en train de se faire. Au moment où tu allais chercher la crème solaire que tu avais oubliée, nous sommes descendus sur la plage pour renverser l'ordre établi. Juste auparavant, nous avions pris le contrôle des différentes piscines et enfermé leurs usagers dans les locaux à serviettes. Très vite, la plupart des A.D. qui hésitaient encore ont rallié notre cause. Là-haut, la prétendue madame Chapoutin, bunkerisée dans le bâtiment de la direction, vaticinait dans le vague, ignorante des événements en cours... C'est fait, maintenant : le petit paradis de la bourgeoisie française est devenu son enfer. Pour nous qui le subissons depuis si longtemps, le soulagement est immense.

– Personne ne vous a obligés à y passer toutes vos vacances, releva Antoine.

– En un sens, si, Antoine. Regarde, toi-même, en principe le plus réfractaire à ce type de loisirs, tu avais fini par t'y résoudre... Mais la question n'est pas là. Le Kloub est seulement un symbole. Ou disons qu'il est une sorte de Bastille : sa prise ne fait qu'annoncer, même si déjà elle le préfigure, l'imminence d'un événement plus grand.

Nicolas s'était tu. Il s'attendait à être relancé par Antoine, qu'il supposait suspendu à ses lèvres. Mais celui-ci l'écoutait à peine. Il ne pouvait détacher ses yeux de Madeleine, qui était pour lui le lieu de l'énigme véritable. Nicolas dut reprendre :

– Cet événement, pour ma part, je l'appelle la « seconde décolonisation ». Tu connais, j'imagine, la phrase de Marx qui affirme que tous les grands événements se produisent deux fois, la première comme une tragédie et la seconde comme une farce. Eh bien, je dirais volontiers l'inverse. C'est la première fois qu'ils sont des farces, ou plutôt des simulacres, une façon de tromper leur monde. Ils font croire à l'avènement d'un ordre nouveau, alors qu'ils ne sont que des faux-nez du monde ancien, destinés à le prolonger. Ainsi de la décolonisation : sous couvert de libération des peuples asservis, elle n'a été que la poursuite de leur aliénation, la continuation, plus implacable encore, car plus insidieuse, du pouvoir des Blancs. Mais vient toujours le moment où la supercherie se découvre. Nous y sommes...

Peut-être, mais c'était malgré tout un Blanc, Nicolas, qui, en plein territoire arabe, était à la tête de ce prétendu soulèvement, et parlait au nom des damnés de la Terre. Antoine jugea qu'il pouvait se passer d'en faire la remarque.

– Tu vois ce pupitre, Antoine ? poursuivit-il. Dans quelques instants, tu y prononceras des mots importants. Je te sais épris depuis l'enfance, mon ami – car c'est plus que jamais en ami que je te parle –, de formules magiques et de sortilèges, et plus généralement de tout ce qui embrume ou éblouit. Aujourd'hui, ta parole sera au contraire celle qui dissipe et simplifie. Elle marquera le commencement de cette seconde décolonisation qui défera l'imposture de la première et remettra le monde sur ses pieds. Il est non seulement beau, mais également nécessaire, qu'elle advienne ici, sur les rivages de cet Orient de pacotille, celui que l'Occident, pour son propre plaisir, a substitué à la vérité infiniment riche et diverse des peuples qui y vivent depuis des millénaires.

En première approche, il était stupéfiant d'entendre Nicolas tenir un tel discours. Et cependant, songeait Antoine, ce qui était révélé ce jour-là de son ami n'était pas foncièrement en contradiction avec ce qu'il laissait voir de lui-même habituellement. Nicolas avait avancé masqué, mais pas aussi masqué qu'il devait le croire. Il y avait dans son refus du romantisme, dans l'espèce de réalisme terre-à-terre, de cynisme, qu'il revendiquait depuis toujours une radicalité inquiète, un refus des hiérarchies et des opinions toutes faites, qui pouvait mener jusque-là. Tout bien pesé, Nicolas remontait un peu dans l'estime d'Antoine.

– De cette entreprise d'asservissement tout enrobée de bons sentiments, Antoine, tu as été, jusqu'à présent, l'un des prêtres les plus zélés. Prêtre est sans doute un grand mot. Enfant de chœur, plutôt. C'est toi qui agitais l'encensoir devant le Grand Officiant, l'orientaliste Antoine Galland, que tu t'es mis à admirer pour la raison ridicule que vous portiez le même nom. Ensemble, quels écrans de fumée vous avez déployés pour dissimuler les vrais problèmes du monde ! Mais depuis un certain après-midi passé à Rome, dans les moiteurs d'une bibliothèque catholique, tu sais à quoi t'en tenir sur le personnage... C'est aujourd'hui à toi, et à personne d'autre, de dire la vérité à son propos. Les plus grands révolutionnaires, je dirais même les seuls véritables, ceux par qui la Révolution peut advenir, sont ceux qui ont commencé par la combattre de toutes leurs forces. Parce que leur conversion entraîne tout le système avec eux. Le vrai fondateur du christianisme n'est-il pas Saul, qui fut d'abord le plus impitoyable persécuteur des premiers disciples du Seigneur ?

Nicolas prenait peut-être quelques risques avec cette référence néotestamentaire. Mais personne ne réagit. Les Égyptiens, pour la plupart, ne comprenaient pas le français.

– Tu te demandes sans doute ce que Madeleine fait ici ? reprit-il. Eh bien, l'année dernière, comme tu le sais, elle était au Kloub. Nous avons refait connaissance. Auparavant, nous ne nous étions croisés que quelques heures, avant que je ne m'efface à son profit, vous laissant libres de vivre votre amour dans notre appartement d'étudiants... Bref. Nous nous sommes découvert des points communs. Madeleine n'était pas revenue dans cet endroit depuis l'adolescence. Elle y a tout retrouvé conforme à ses souvenirs. Sauf que soudain elle a réalisé combien le lieu lui faisait horreur. Jusqu'alors, elle n'en avait pas du tout eu conscience. Le monde avait changé, sans doute, et elle aussi. Ce qui avait pu lui sembler autrefois un lieu de villégiature, peut-être un peu vulgaire, mais au bout du compte pas désagréable du tout, lui apparaissait désormais dans son abjection post-colonialiste. Et il lui a semblé que cela ne pouvait durer plus longtemps, qu'il convenait d'agir. Si je peux te faire une confidence, les choses ont été plus progressives en ce qui me concerne. C'est à force de fréquenter le Kloub, année après année, que ses aspects insupportables me sont apparus. Parfois, l'habitude émousse la sensibilité. Chez moi, au contraire, elle l'a exacerbée. Je ne suis pas le seul : les cadres de notre mouvement, tu l'as peut-être remarqué, sont tous des piliers de cette institution. Certains n'ont connu aucune autre destination de vacances depuis leur naissance. Mais je parle, l'un d'entre vous désire peut-être ajouter quelque chose, dit-il en se tournant vers ses conjurés. Olivia, par exemple ?

Olivia, du même ton exalté qu'elle avait pris pour défendre les filles d'Antoine à l'aéroport, se leva pour faire cette déclaration :

– On ne fait jamais la révolution pour soi-même. Si je participe à ce mouvement, c'est pour Jean-Michel, pour Aladdin, pour vous tous.

Puis elle se rassit.

– Merci Olivia, répondit Nicolas. Jean-Michel, je pense que tu n'as rien à ajouter ?

Jean-Michel se borna à fermer doucement les yeux. Il approuvait entièrement ce qu'Olivia venait de dire.

– Bon, je reprends, poursuivit Nicolas. Tu l'as compris, cher Antoine, il était peu à peu devenu évident, à moi comme à beaucoup d'autres, non simplement que nous ne pourrions plus passer de vacances ici, mais encore qu'il n'y aurait plus de vacances en général, de vacances pour le monde, tant que cette institution n'aurait pas été mise hors d'état de nuire, et avec elle, ce dont elle procède, le système de domination blanche sur la surface de la Terre.

– Vaste programme, remarqua Antoine.

– Vaste programme, en effet. D'abord un simple rêve, parfaitement inaccessible. Jusqu'au jour où le Président Commode nous fournit sur un plateau l'instrument de sa réalisation. Cette idée d'ériger Antoine Galland en nouveau père de la nation, d'en faire le symbole de la main tendue au monde arabo-islamique... Bien entendu, au départ, nous étions comme tout le monde. Nous ne savions pas grand-chose du personnage. La grossièreté du procédé commodien, son évident décalage avec la réalité de la politique menée par les puissances occidentales, ne nous avaient pas échappé. Mais nous n'y avions pas vu spécialement malice. C'est Madeleine qui nous a mis sur la piste.

– Madeleine ? s'exclama Antoine.

– Elle m'a rappelé, au moment des premières déclarations de Célestin Commode. Elle savait que tu avais été consulté, que tu servais plus ou moins de caution morale, intellectuelle, à l'opération. Elle supposait également que c'était à ton corps défendant. « Comme d'habitude, d'ailleurs, m'avait-elle confié, car de toute sa vie – j'ai scrupule naturellement à évoquer cet aspect un peu intime des choses, et ce devant un public nombreux, mais il me semble que toute la vérité doit être dite aujourd'hui – de toute sa vie, Antoine n'a jamais fait que ce que les autres voulaient. » Elle estimait, par conséquent, possible de te retourner. « Si pour une fois, il pouvait se rendre utile, avait-elle conclu en substance, ce serait quand même formidable. »

Antoine, mortifié, se tourna à nouveau vers Madeleine. Cette dernière semblait un peu embarrassée par la sortie de Nicolas. Elle n'aurait sans doute pas exprimé les choses ainsi, mais elle ne voulait pas non plus perturber l'opération en cours par des états d'âme, elle garda donc le silence. Nicolas reprit :

– Nous nous sommes alors penchés sur le cas Galland. En fouillant les parties honteuses de sa biographie, nous espérions trouver des bricoles susceptibles d'écorner un peu la légende. C'est alors que le scandale, gigantesque, nous a tendu les bras ! Nous aurions voulu inventer une fable pour servir notre cause que nous n'aurions pu faire mieux. Une crapule aussi exemplaire qu'Antoine Galland, nous n'aurions pas osé ! Bravo à Gianna d'avoir levé le lièvre.

– Oh, il suffisait de prendre les choses à l'envers, commenta Gianna en levant exceptionnellement la tête de son téléphone portable. De regarder dans la direction opposée à celle que l'on adopte spontanément lorsqu'on est un orientaliste comme Antoine, et qu'on voit le bien occidental partout...

– Mais nous ne sommes pas là pour t'accabler, reprit Nicolas. Au contraire.

Il se tut. Sur la plage, les conversations individuelles, qui jusqu'alors s'étaient poursuivies, cessèrent tout à fait.

Antoine était maintenant au centre de toutes les attentions. Les conjurés face à lui ne le quittaient pas des yeux. Il sentait aussi derrière lui des centaines, peut-être des milliers de regards fixés sur sa nuque, attendant qu'il se retourne et se lève, qu'il s'approche de la tribune. Il flottait de l'espérance dans l'air, en même temps qu'une menace sourde. Il avait l'impression d'être à la fois l'idole d'une nouvelle religion et sa victime sacrificielle. Madeleine le regardait aussi, bien sûr, mais autrement que les autres, d'un regard indéchiffrable.

– Antoine, il n'est pas trop tard pour être du bon côté de l'histoire. Pour dire au monde ce que tu as appris d'Antoine Galland et, par voie de conséquence, de cette France qui en a fait son héros. C'est à toi qu'il revient de révéler l'existence de cet Arabe dépouillé de ses histoires. Ta parole aura plus de poids que n'importe quelle autre. Je ne t'ai pas écrit de texte, il faut que cela vienne de toi, avec tes mots. Les caméras sont en place pour l'enregistrement. Dès qu'elle sera dans la boîte, nous transmettrons ta déclaration à la presse. Elle se propagera alors comme une traînée de poudre qui embrasera le monde. On se figure sans peine – pour ne parler que d'eux – ce que les « jeunes des banlieues », comme on les appelle, penseront du sort que la France du Grand Siècle a réservé à l'un de leurs frères. Et surtout de la façon dont le régime actuel a redoublé une telle ignominie en faisant entrer Galland au Panthéon.

Un peu à l'écart, Jambe passait en revue une escouade d'animateurs diligents qui nettoyaient leurs fusils. Probablement les membres du futur peloton d'exécution, pensa Antoine, s'il ne se montrait pas coopérant.

– Antoine, le monde attend tes paroles, ajouta Gianna, qui cette fois avait éteint son téléphone portable.

Madeleine, quant à elle, s'était complètement décomposée. Elle se prenait le visage entre les mains et n'osait plus regarder son ex-mari.

20.

« Tu ne porteras point de faux témoignage contre ton prochain. »
(Exode 20,16)

Antoine s'était toujours dit que dans pareille situation, il ne saurait pas ce qu'il ferait. Il ne le savait toujours pas. Il s'était mis à marcher en direction du pupitre, parfaitement ignorant de ce qu'il allait dire, habité par un sentiment puissant et indéfinissable, qui pouvait relever aussi bien de la peur que du courage. Il progressait d'un pas ferme, sans l'apparence d'une hésitation, comme guidé par une partie plus éclairée de lui-même, dont il n'avait pas encore conscience.

Arrivé devant les micros, face à cette foule hérissée de mitraillettes qui était suspendue à ses lèvres, Antoine s'oublia tout à fait. Il ne pensait plus qu'à Antoine Galland. À Antoine Galland et Hanna Dyâb. Aux deux. Car l'un n'empêchait pas l'autre.

Soudain il était clair que cette histoire de vol, du vol dont Galland se serait rendu coupable au détriment de Dyâb, avait été totalement montée en épingle. Antoine ne comprenait plus du tout comment lui-même avait pu se laisser séduire par cette légende noire jusqu'à s'en faire, dans le petit carnet rouge dont s'était emparée la directrice, le scribe complaisant. Si l'on s'en tenait aux faits, Galland n'avait jamais revendiqué la paternité des contes qu'il publiait. Au contraire, il avait toujours insisté sur l'idée qu'il n'en était que le traducteur, minimisant auprès du public la part d'invention qui lui revenait, pour l'assurer de leur authentique origine arabe. C'était le Président Commode, trois siècles plus tard, et non Galland, qui avait qualifié ce dernier d'« inventeur d'Aladdin ». Faire à l'orientaliste le procès de s'être arrogé les mérites de Hanna était ridicule : s'il avait dissimulé l'existence du jeune Syrien, ce n'était pas pour se réserver le beau rôle, mais pour maintenir, auprès de son lectorat, la fiction prestigieuse d'histoires droit sorties d'un manuscrit venu du fond des âges, ce qui était plus vendeur que de les attribuer à un petit commerçant aleppin de passage à Paris. Par ailleurs, présenter Hanna comme l'auteur exclusif des derniers contes publiés par Galland, du conte d'Aladdin en particulier, était excessif. En réalité, Hanna n'avait fourni à Galland que des intrigues brutes, des canevas d'histoires, et non des textes tout ficelés qu'il aurait suffi de traduire. Galland avait dû beaucoup développer à partir de ces trames, donner chair et consistance aux personnages, asseoir les décors, soigner les mises en scène, imaginer des dialogues.

Jusqu'au bout, Galland avait été fidèle à son projet originel de *faire voir les Arabes aux Français*, et non de se donner lui-même en spectacle. Que Galland eût tiré quelques plaisirs d'amour-propre d'une telle entreprise était fort possible, mais n'enlevait rien à la grandeur et à la beauté de celle-ci, à son caractère foncièrement altruiste. Et lui, Antoine, ne laisserait personne affirmer le contraire, quel que soit son niveau dans la hiérarchie du Kloub, son sésame fût-il d'or incrusté de diamants.

Voilà ce que pensait Antoine, et voilà ce que déjà il était en train de dire, car son discours avait commencé, il s'écoulait de sa bouche au rythme même où sa pensée se formait, au fond de son esprit. Les gardes de la nouvelle décolonisation interrogèrent Nicolas du regard : fallait-il se saisir d'Antoine ? Nicolas leur fit signe que non. Il était curieux d'écouter son ancien ami jusqu'au bout. Quand Antoine aurait fini, il serait toujours temps de tirer les conséquences de son attitude.

Certes, compléta Antoine, il y avait Hanna Dyâb, ce Syrien dont le nom et le visage avaient été, pour ainsi dire, coupés au montage, et qui n'était réapparu trois cents années plus tard qu'à la faveur de l'improbable découverte du récit manuscrit qu'il avait fait de son voyage en Europe. Quelle qu'en fût la raison, Galland n'avait pas poussé l'honnêteté et la vertu jusqu'à le « faire voir », lui aussi. Il s'était fort bien accommodé de son départ précipité. Peut-être même en avait-il été l'instigateur, ainsi que Hanna l'avait soupçonné. Bien sûr, à l'époque, on n'était pas aussi scrupuleux avec les droits d'auteur : Charles Perrault avait-il le moins du monde remercié les paysans auprès desquels il était allé glaner ses *Contes de ma mère l'Oye* ? Mais ce n'était pas à l'honneur de

Galland, il fallait le reconnaître. C'était même assez moche de sa part.

Il y avait donc une autre vérité, qui se cumulait à la première, et qui jusqu'aujourd'hui avait été occultée : sans un petit commerçant syrien, qu'on avait promené comme une bête de foire à la cour de Louis XIV avant de le renvoyer dans son pays, la dernière partie des *Nuits* de Galland, la plus belle sans doute, la plus libre, celle qui renfermait l'inoubliable *Aladdin*, n'aurait jamais vu le jour. Galland avait mis en forme, enrichi, élaboré la psychologie des personnages, mais les histoires elles-mêmes, ces intrigues si ingénieuses, venaient de Dyâb. *Aladdin et la Lampe merveilleuse* était donc une œuvre franco-arabe, ou arabo-française. Elle était indissociablement, inextricablement, française et arabe.

Dyâb et Galland étaient, pour ainsi dire, les deux faces d'une même médaille. Une telle vérité était inaccessible à ceux qui ne voient qu'un côté des choses... Antoine n'était pas expert de la marche du monde, mais il y avait de fortes chances que l'opposition de ces deux visions symétriquement borgnes fût la source d'un certain nombre de problèmes. Il était consternant de voir, compléta Antoine, comment les uns et les autres pouvaient, à des siècles de distance, s'emparer des morts pour leur faire dire et penser ce qu'ils n'avaient jamais ni dit ni pensé. Ou du moins, on n'en savait rien et on ne pourrait jamais le savoir. De toutes les lâchetés que l'on pouvait commettre dans la vie, il n'en était aucune qui fût plus vile, plus parfaitement lâche, que celle que l'on commettait envers le passé, envers l'esprit et la mémoire de ceux qui n'étaient plus là pour se défendre. Aux morts, il fallait faire crédit du maximum.

– Ce que l'on me demande aujourd'hui, poursuivit Antoine, d'une voix à la fois plus forte et plus émue, c'est de faire parler les morts pour justifier les vivants, pour justifier certains vivants et se venger des autres. Je ne le ferai jamais. Maudits soyez-vous, les dispensateurs de magie mauvaise, vous qui agitez des spectres pour semer ici-bas le trouble et la zizanie. Vous qui, comme Harût et Marût, enseignez la désunion pour vous en repaître. Au contraire, grâce vous soit rendue, Hanna Dyâb et Antoine Galland, et à tous ceux de votre trempe. Il était bien sage, et bien puissant, le génie qui, de là-haut dans les nuées, a présidé à votre rencontre. Il fallait que vos cœurs et vos intelligences fussent ainsi réunis pour que se poursuivît le récit qui sauve, celui qui divertit le tyran de ses pulsions meurtrières. Tant qu'il y aura des femmes et des hommes tels que vous, notre sursis sur cette Terre sera prolongé. »

Lorsqu'Antoine se tut, le silence s'abattit sur toute l'étendue du *resort* et bien au-delà, sur toute la plage. Au Kloub, on n'avait probablement jamais entendu cela, un tel silence. D'ordinaire, même au cœur de la nuit, il y avait ce bruit de fond, fait de musique, d'éclats de voix et de bris de verres, qui empêchait que l'on écoutât à l'intérieur de soi-même.

Les hiérarques de l'insurrection balnéaire eux-mêmes – Gianna, Jambe, Nicolas, Olivia – avaient dû être un peu ébranlés. Peut-être étaient-ils, eux aussi, en proie aux affres et aux vertiges du monologue intérieur qui faisait vaciller leurs certitudes. Cela ne les empêcherait pas, quelques minutes plus tard, de faire ce qu'ils pensaient être leur devoir : châtier durement le fauteur du trouble, l'empêcheur de révolutionner en rond. À moins que les forces spéciales égyptiennes n'intervinssent à temps pour sauver Antoine – qui serait alors remis au Président Commode. Ce dernier, d'ailleurs, ne serait sans doute pas ravi de le revoir, rattrapé qu'il serait par ses approximations sur *Aladdin et la Lampe merveilleuse*. Nous verrions bien. De même que la fausse madame Chapoutin, enfermée pour l'instant dans les bâtiments de la direction, et qui n'en sortirait que pour se rallier à la partie victorieuse.

Deux battements de mains, comme des battements d'ailes, mirent fin à cette suspension du temps :

– Bravo papa !

C'était ses filles qui l'applaudissaient. Antoine se retourna. Elles étaient sur les genoux de leur mère, les yeux brillants de fierté. Elles avaient vu leur père seul face à la foule, bravant son hostilité sourde sans dévier de son cap. Elles n'avaient pas compris les mots qu'il avait prononcés, mais elles sentaient qu'ils étaient différents de ceux que la foule attendait et que cela ne l'avait pas arrêté. Au contraire, même, en voyant grandir l'antipathie de son auditoire, il s'était senti confirmé dans ce qu'il croyait, plus fondé encore à le dire.

Antoine regarda Madeleine, qui lui sourit. L'échancrure de son burnous laissait apparaître, au creux de son cou, un pendentif d'argent en forme de lune.

– Badroulboudour ! s'écria-t-il.

Elle lui sourit à nouveau, puis se mit à rire, de la joie d'avoir été reconnue. Antoine comprit alors ce que les événements récents lui devaient : à peu près tout, en réalité. Elle était le véritable cerveau de l'histoire. Elle n'avait pas simplement comploté avec les autres, en vue de cette révolution au bord de la mer. Peut-être même, au fond, que cette révolution lui importait peu. Moins, en tous cas – même si tout était lié –, que son sort à lui, Antoine. Elle n'avait pu se résoudre à le voir ainsi, durablement, sans doute définitivement si rien n'était fait, si aucune initiative n'était prise, flotter dans l'existence, se complaire dans l'indécision. Elle avait donc pris les choses en main. C'était elle qui avait patiemment tissé le fil des événements qui l'avaient conduit jusqu'ici – jusqu'au lieu de sa mise à l'épreuve. Elle avait consenti, sans doute, à cette nuit passée avec Parizade – qui compensait son propre écart de conduite avec Jambe.

Mais alors, si elle avait fait tout cela pour lui, cela signifiait qu'en dépit des apparences, en dépit de sa décision d'expulser Antoine, sans ménagement, du domicile conjugal, en dépit des méchancetés parfois terribles qu'elle avait pu lui dire, elle l'aimait. Elle l'aimait encore, ou à nouveau. Encore et à nouveau.

– Je t'aime, Antoine, lui dit-elle à cet instant, comme si elle l'avait entendu.

Elle s'approcha de lui et l'embrassa. Sa bouche, constata Antoine, avait le goût de la rosée du premier jour où ils s'étaient rencontrés. Elle compléta :

– Je t'aime, à nouveau, non parce que tu aurais changé, mais parce que tu es resté le même. Ou parce que tu l'es redevenu. Je t'avais perdu, je t'ai retrouvé. À l'instant, devant tous ces gens, tu étais semblable à celui que tu étais le jour où tu as soutenu ta thèse, sur la magie dans *Les Mille et Une Nuits*. Tu étais pétri des mêmes certitudes, animé par la même maladresse pleine d'assurance. Tu faisais preuve du même courage. Et dans tes mains qui bougeaient, je voyais danser les sortilèges.

Les idées fumeuses qu'Antoine, entretemps, parce qu'il avait projeté sur elles ses propres bassesses, avait pu développer sur les femmes, sur leur prétendu matérialisme, leur façon supposée de tout rapporter – comme les hommes – au physique, s'évaporaient dans le ciel clair de l'après-midi. S'il existait encore, dans le monde tel qu'il dégénérait, tel qu'il s'enfonçait dans la bêtise algorithmique et la haine du lointain, une planche de salut vers l'imagination, c'est aux femmes qu'on la devait, et à Madeleine en particulier. L'imagination, celle dont Madeleine avait fait preuve tout le long de cette histoire, n'était pas une rêvasserie, une fuite ou un repli dans l'abstraction, travers auxquels Antoine, lui, avait pu parfois céder. L'imagination véritable, féminine, prenait le réel à bras le corps. Elle était la seule puissance capable de briser le déterminisme, capable de nous faire sortir de la guerre de tous contre tous. Elle seule savait nous faire planer au-dessus de nous-mêmes, vers les vastes paysages et l'amour des autres.

– Et regarde, papa, ce qu'on a retrouvé aussi, ajoutèrent ses filles.

Elles le prirent par la main et l'entraînèrent, avec Madeleine, à l'endroit où les petits garçons creusaient depuis tout à l'heure. Elles firent à ces derniers le signe impérieux de s'en aller. Antoine se pencha alors au-dessus du trou. Il n'en crut pas ses yeux. Encore à moitié recouverte de sable, une grosse valise Samsonite noire gisait tout au fond. Il se précipita pour la remonter et après quelques efforts, parvint à l'ouvrir.

Toutes les affaires qu'ils avaient perdues deux ans plus tôt à l'aéroport s'y trouvaient, au milieu de l'or et des pierres précieuses – rubis, diamants, saphirs : toutes d'une grosseur et d'une perfection à quoi on n'avait encore vu rien de pareil dans le monde.

Notes et remerciements

Les passages cités des *Mille et Une Nuits* proviennent en général de la traduction d'Antoine Galland, dont le lecteur aura compris qu'elle n'est pas qu'une traduction. Elle est disponible en trois tomes, accompagnée des commentaires éclairants de Jean-Paul Sermain et Aboubakr Chraïbi. Je me suis servi également de l'édition de Jamel Eddine Bencheikh et André Miquel, parue en trois tomes dans la Bibliothèque de la Pléiade. La vie de l'orientaliste Antoine Galland (1654-1715) m'est connue par la somme de Mohamed Abdel-Halim, *Antoine Galland, sa vie et son œuvre*, parue en 1964 chez A.G. Nizet, ainsi que par le livre de Janine Miquel-Ravenel, *Antoine Galland, inventeur des* Mille et Une Nuits, paru chez Geuthner en 2009. J'ai une dette particulière envers Paule Fahmé-Thiéry, Bernard Heyberger et Jérôme Lentin qui ont traduit en français, pour Actes Sud en 2015 (collection Sindbad), le récit que Hanna Dyâb (1688-après 1766) a fait de son séjour en France, sous le titre *D'Alep à Paris. Les pérégrinations d'un jeune Syrien au temps de Louis XIV*, récit dont le manuscrit se trouve à la Bibliothèque apostolique vaticane. Je ne peux manquer de mentionner non plus l'ouvrage désormais classique d'Edward Saïd, *L'Orientalisme. L'Orient créé par l'Occident*, traduit par Catherine Malamoud, qui fut pour moi une source directe d'inspiration.

Ce livre ne serait rien par ailleurs sans le soutien de mon éditeur, David Meulemans, son enthousiasme et son intelligence. Il ne serait rien non plus sans l'affection de ma famille et de mes amis, leurs encouragements et leurs patientes relectures.

J'ai, enfin, une pensée pour mon grand-père maternel dont j'ai appris au moment d'achever ce livre que « Badroulboudour » était pour lui un nom familier, qu'il utilisait souvent comme un sobriquet pour désigner diverses choses, et amuser ses deux filles.

Cet ouvrage a été achevé d'imprimer sur Roto-Page
pour le compte des éditions Aux forges de Vulcain
par l'Imprimerie Floch, à Mayenne,
en juin 2021.

Imprimé en France
Dépôt légal : août 2021
N° d'édition : 1044 – N° d'impression : 98547